大森林裡的小木屋

Little House in the Big Woods

與大自然為伍的拓荒童年

目錄

在荒野中開拓出愛的所在《大森林裡的小木屋》

劉美瑤（兒童文學作家）

《大森林裡的小木屋》是蘿拉．英格斯．懷德「小木屋」拓荒小說系列的第一本，這套以美國西部拓荒為背景的兒童小說共有九本，作者蘿拉從六十五歲開始創作，追溯自四歲起的拓荒生活，一九三二年出版《大森林裡的小木屋》，爾後接著以個人的成長歷程與家庭的拓荒經驗為經緯，寫出了這套膾炙人口的美國經典，陸續創作的作品有《農莊男孩》、《草原上的小木屋》、《在梅溪邊》、《在銀湖岸》、《漫長的冬季》、《草原小鎮》、《快樂的金色年代》以及《新婚四年》，九本作品出版歷時共四十年，最後一本作品《新婚四年》是蘿拉去世之後才出版的遺稿。

她的作品與其他西部拓荒小說顯著不同的是，蘿拉站在女性的視角來觀看西部墾荒生活，她在書中描述許多拓荒家庭的家務處理，比如製作楓糖、做麵包、採堅果等，這些平凡的日常瑣事透過蘿拉純真、充滿童趣的眼光描繪後，流瀉出溫馨與甜蜜的味道。墾荒生活裡的一切對小女孩蘿拉來說，都是新鮮與驚奇的體驗，即便是書寫遭遇猛獸或是意外降臨，蘿拉始終秉持輕快、樂觀的筆觸回溯過往，讀者在書裡體會到的，是拓荒者以對自然生態的崇敬與關愛來面對荒野的考驗，是拓荒者一家真誠和諧，懷抱著對美好生活的憧憬。

蘿拉一家人的拓荒生活緣起於聯邦政府的西進政策。南北戰爭時期，北方的美國聯邦政府頒布《宅地法案》，宣布拓荒者可以申請獲得放領地，從此開啟了美國西部拓荒潮。這套以美國拓荒史為背景，融入蘿拉個人成長歷程的作品因此帶有歷史小說及個人自傳的色彩。

《大森林裡的小木屋》敘述小蘿拉與爸爸查爾斯、媽媽卡洛琳、姐姐瑪莉和小寶寶凱麗一家人住在威斯康辛州森林裡的小木屋。故事從寒冷的冬天開始，敘述爸爸在大雪降臨之前趕緊狩獵、一家人忙著醃製豬肉、儲存食物準備過冬。漫漫冬日有聖誕節，還有整個家族團聚享受美食的餐會，豐盛的食物、歡樂的氣氛和夜晚的說故事時間掩蓋了冬季的冷寂。隨著季節更迭，自然景象變化，家務的處理與活動也不同，冬天下「糖雪」時是製作楓糖漿的甜蜜時刻，春天融雪了就可以進城採買，夏季要製作乳酪，秋收時可以採集堅果，墾荒的生活忙碌又有趣。

隨著冬季來臨，故事也來到尾聲。綠色的森林再度罩上深褐色的外衣，屋外冷風颼颼，但小木屋裡的一家人相互依偎，這幕快樂無憂的情景成為蘿拉心中最美的回憶。全書筆觸素樸寫實，描繪細緻，處理食物的描述，讀來有滋有味，臨摹家庭日常則洋溢溫情，小蘿拉童趣的言行讓人莞爾。以下分別從女性地位、飲食描述及生態保護三個面向導讀作品：

一、女性也是支撐拓荒家庭的頂梁柱

拓荒的過程中，不論是狩獵或是開墾，男性向來是家庭的重心，因此多數的拓荒文學，大都是以男性視角出發，拓荒小說等同於冒險小說。但是在《大森林裡的小木屋》，母親卡洛琳與父親查爾斯同樣都是家庭的梁柱。

不論是指導女孩們料理家務、處理食物、學習縫紉、或是安撫孩子，面對拓荒生活中的艱辛，卡洛琳沒有慌亂或憤懣，她在書裡接近完美的母親形象，以傳統女性價值約束自己與女兒的教化方式，或許會引起讀者批判，認為這樣的教養方式過於傳統，顯示當時女性受束縛、被壓抑，趨於男性權威之下。但是我們不要忘了，這本書出版於一九三二年，書中的生活情景來自於蘿拉的童年回憶，她只是如實陳述當年的女性拓荒者生活。而且難能可貴的是，她用一種溫柔的筆觸呈現拓荒女性的堅毅。

在蘿拉的心目中，會說故事、帶著孩子們玩鬧、負責抵禦猛獸的父親與指導自己製作奶油、乳酪與刺繡，看似柔弱的母親，兩人實則都是家庭的守護者。她在第四章中描寫春天融雪時，父親進城販售毛皮，母親與蘿拉姐妹獨自在家，在傍晚餵牛時撞見剛從冬眠中甦醒的熊，卡洛琳臨危不亂吩咐蘿拉快回屋裡去，兩人進屋後，她安撫蘿拉，之後徹夜未眠等待丈夫返家。爾後查爾斯返家，敘述自己在回程中誤把樹樁當作大熊而大吼大叫。

從雙親二人面對「兩隻大熊」的前後對照，可以看出作者蘿拉對母親的鎮定與堅強的孺慕與景仰，蘿拉認為：在荒野擔任保護者的不只有父親，母親也是守護家庭的戰士。這也是本書與其他西部文學最大的不同——女性地位被提高，成為穩定家庭的核心之一。

二、引人垂涎的小木屋美食

作為「小木屋」拓荒系列的第一本作品，《大森林裡的小木屋》裡幾乎沒有關於荒野的蒼涼與殘酷等描述，反而有許多色香味俱全、讓人垂涎三尺的飲食描寫。比如描述煮楓糖塊：「奶奶站在黃銅鍋前，用木勺把滾燙的糖漿淋在每一個盛了雪的盤子上。糖漿冷卻後變成了軟軟的糖塊，大家立刻吃了起來。他們可以盡情地吃，因為楓糖吃多了也不會傷害身體。」多麼誘人的敘述，恐怕不只孩童讀了會流口水，大人也會忍不住舔舔嘴唇，幻想楓糖塊的滋味吧！

除此之外，還有將豬尾巴烤得油脂閃亮、焦香四溢、將胡蘿蔔泥加入奶油中，製作金黃色的奶油、製作像月亮一樣白裡透黃的乳酪……，每樣食物的敘述無一不讓人食指大動。

飲食文學中不乏講究修辭、以誇飾挑動讀者味蕾的作品，然而蘿拉並無行此道，她站在寫實的基調，細膩又樸實地展現食物的滋味，以及品嘗時的喜悅。就像過多的調味會破壞食物的美味，過於浮誇的描述也會讓讀者無法領略作品的好滋味，蘿拉以白描手法還原童年的飲食回憶及森林墾荒的點滴，讓平凡的日常流露出美好且雋永的味道。

三、與自然生態和諧共處

墾荒意味著人類要與大自然搏鬥、要征服荒野，但同時也必須學習與自然生態和平共存。在《大森林裡的小木屋》裡，也有關於蘿拉一家人如何維持生態平衡、愛護自然的情景。比如在春季，查爾斯告訴蘿拉姐妹：「一直到小動物長大前，我們都不能再打獵了。」因為春天是萬物生長的季節，拓荒者更須尊重自然法則，讓荒野保持著源源不絕的生命活力。

對自然生態的尊重最動人的描述在最後一章。時值冬季，本該搶時機狩獵，好讓家人在冬天有肉可吃的查爾斯卻空手而歸，他告訴女兒，他為月光下的森林著迷、被大熊有趣的舉止，以及母鹿與小鹿相互依偎的情景打動而放下獵槍。蘿拉姐妹也被父親的敘述感動，開心父親沒有傷害那些動物。這些敘述蘊含著作者一家人對大自然的敬仰，也意味著拓荒者除了要勇敢迎擊自然給予的磨難，更須擁有維護生態平衡的價值觀。

《大森林裡的小木屋》出版至今，受歡迎的程度歷久不衰，透過蘿拉敦厚的筆法，讀者對美國拓荒家庭有更全面的了解。蘿拉曾說過，她寫作此書的理由是為了要保存家人的故事，因為這些故事若是失傳，將會令人惋惜。誠如蘿拉所說，至今我們重讀她的作品，依然被小木屋一家人的緊密連結感動，並了解「家」可以是最美好的所在。

第一章 大森林裡的小木屋

六十年前，在美國威斯康辛州的一座大森林，有一個小女孩住在一棟用圓木建造而成的小木屋裡。

房子的四周被濃密的參天古木團團包圍，在這些樹木之外，還有更多樹木。即使你往北方走上一整天、一個星期，甚至一個月，放眼望去也只能看見無止境的森林和居住在此的野生動物。

在大森林裡出沒的有狼、熊和大山貓；溪流旁住著麝香鼠、貂和水獺；狐狸的家在山丘上的洞穴裡；鹿群則到處漫遊。

小木屋的東方和西方有著綿延好幾公里的樹林，直到森林的邊緣，才零星散落著幾間小房子。小女孩視野所及之處只有一棟小木屋，她與父親、母親、姐姐瑪莉和仍在襁褓中的妹妹凱麗住在這裡。

小木屋前有一條馬車行駛的小路，那條路彎彎曲曲地拐進住滿野生動物的森林裡。小女孩不知道那條路通往哪裡，也不知道路的盡頭在什麼地方。

小女孩名叫蘿拉，她稱呼父親為「爸」，稱呼母親為「媽」。在那個年代、那個地方，小孩子不喚自己的父母為「父親」或「母親」，也不像現在的孩子叫「爸爸」或「媽媽」。

晚上，蘿拉躺在裝著輪子的小床上。在進入夢鄉之前，她會仔細聆聽外面的動靜，除了樹木彼此竊竊私語的聲音之外，她什麼也沒有聽到。不過有時候，遠處會傳來幾聲狼嗥。偶爾，牠們會跑到離小木屋更近的地方，再次嗥叫。

狼的叫聲很可怕。蘿拉知道，狼會把小女孩吃掉，然而只要她待在堅固的小木屋裡，就不用害怕遭到狼的襲擊。爸的獵槍就掛在門上，身上長滿斑紋的牛頭犬傑克也趴在房子外面守護他們。

倘若爸發現蘿拉仍不放心地在床上輾轉難眠，就會對她說：「蘿拉，睡吧。傑克不會讓野狼進來的。」

這時，蘿拉才鑽進被窩，身子緊挨著瑪莉，安心入睡。

一天晚上，爸把蘿拉從床上抱起來，然後走到窗前，讓她看看狼的模樣。兩匹狼蹲坐在屋子前的空地，看上去彷彿兩隻毛髮蓬鬆的狗。牠們伸長脖子，鼻尖朝著又大又圓的月亮，發出淒厲的嗥叫。

傑克在門口走來走去，不斷低吼。牠不僅背脊上的毛全豎了起來，還對那兩匹狼露出銳利的牙齒，因此野狼只能嗥叫，無法闖進屋裡。

小木屋非常舒適。樓上有一間寬敞的閣樓，每當天氣不好的時候，蘿拉就會在這裡玩耍。一樓有一間小臥室和一個起居室。小臥室有一扇窗戶，可以用木頭窗板關起來；起居室有兩扇玻璃窗和兩扇門，一扇前門，一扇後門。

小木屋的周圍有一道彎彎曲曲的籬笆，可以防止熊和鹿跑進來。屋子前面

的庭院有兩棵大橡樹。每天早上，只要蘿拉一起床，就會跑到窗前張望。一天早晨，她發現大橡樹的樹枝上掛著一頭死鹿。

原來，那是爸在前一天捕到的獵物。他在夜裡把鹿帶回來時，蘿拉已經睡著了。他怕戰利品被野狼吃掉，因此才把牠高高地掛在樹上。

那天晚上，爸、媽、蘿拉和瑪莉都吃了新鮮的鹿肉。鹿肉非常美味，蘿拉希望他們可以把它全部吃光，可是大部分的鹿肉都得用鹽醃漬，並用煙燻好，保存到冬天時享用。

冬天就快要到了。白天變得愈來愈短，到了晚上，玻璃窗上爬滿冰霜，再過不久就會下雪了。到時候，小木屋會被積雪包圍，湖泊和溪流都會結冰。在嚴寒的天氣裡，爸不一定有辦法捕到能夠食用的野生動物。

熊會躲進洞穴裡，睡上一整個冬天；松鼠也會蜷縮在樹洞裡，利用毛茸茸的大尾巴裹住身體；鹿和兔子生性害羞、動作敏捷，只要一看見敵人，就會立刻飛也似地逃走。即使爸幸運地獵到一頭鹿，那鹿肯定也是骨瘦如柴，不像秋天捕獲的鹿那樣豐潤肥美。

在冰天雪地裡，爸冒著風雪在大森林裡狩獵，卻極有可能空手而回，因此在冬天來臨之前，他們必須盡可能多貯存一些食物。

爸小心翼翼地剝下鹿皮，抹上鹽，再把鹿皮撐開，準備將它製作成柔軟的皮革。接著，他把鹿肉一片片割下來，然後放在木板上撒鹽巴。

庭院的一角放著一截長長的樹幹，那是從一棵高大的中空大樹上鋸下來的。爸從樹幹兩端，盡可能地往裡面釘釘子，然後把樹幹立起來，在頂端裝上一個小屋頂，並在接近地面的地方劈開一個洞。他將鋸下來的木頭裝上鉸鏈，接著裝回原位，這樣就完成了一道小門。

鹿肉醃漬了幾天以後，爸就在每片鹿肉的邊緣鑽一個洞，再穿過一條繩子。蘿拉在一旁，看著爸將那些醃肉掛在空樹幹的釘子上。他的手從樹幹上的小門伸進去，盡可能地把肉掛在較高的釘子上。接著，他把梯子架在樹幹旁，爬上去將小屋頂挪開，再從樹幹上方把肉掛進去。

最後，他把小屋頂放回原位，爬下梯子，對蘿拉說：「你去砍柴的地方，幫我拿來一些山胡桃木碎片，要新鮮、乾淨、潔白的那種。」

蘿拉連忙跑到爸平常劈柴的地方，用裙襬裝了許多氣味香甜的碎木片。

爸從小門裡放進小樹皮和乾青苔，然後升起火堆，再小心翼翼地把碎木片投入火中。新鮮的木片並沒有立刻燃燒起來，而是讓中空的樹幹裡充滿了嗆人的濃煙。爸把小門關上，門的縫隙和屋頂邊緣都冒出了幾縷細細的煙霧。不過，大部分的煙都和鹿肉一起被關在樹幹裡。

「山胡桃木燒出來的煙最棒了。」爸說，「用這種煙燻出來的鹿肉，可以在任何天氣下長期保存。」

接著，他拿起獵槍，把斧頭扛在肩上，出發到森林裡去砍更多的木柴。

接下來的幾天，蘿拉和媽一起看守樹幹裡的火苗。只要門縫不再冒出煙，蘿拉就會搬來更多的山胡桃木碎片，再由媽把它們放進鹿肉下面的火堆中。院子裡持續瀰漫著淡淡的煙味，每當媽打開小門，濃濃的燻肉香便會撲鼻而來。

幾天後，爸終於宣布鹿肉已經燻好了。他滅掉火苗，然後從樹幹裡取出一塊塊的鹿肉。媽用紙把每塊肉整整齊齊地包好，掛在乾燥的閣樓裡保存。

爸將家裡的一頭豬放牧在森林裡，任憑牠尋找橡實、堅果和樹根來果腹。現在冬天快來了，爸把豬趕進木製的豬圈裡，準備餵肥牠，等到天氣冷得能夠冷凍豬肉時，就要宰殺牠。

一天深夜，蘿拉被豬的尖叫聲吵醒。爸從床上跳起來，一把抓起掛在門上的獵槍，迅速跑了出去。接著，蘿拉聽見了兩聲槍響。

爸回來後，告訴大家發生了什麼事。原來，他看見一頭大黑熊站在豬圈外，伸長腳爪要去抓裡面的豬，嚇得豬一邊尖叫，一邊四處逃竄。爸見情勢急迫，立刻朝黑熊開槍，但是由於光線太過昏暗，因此他沒有射中目標，讓那個龐然大物毫髮無傷地逃回森林裡了。

整個夏天，小木屋後面的園子裡種滿了各式各樣的蔬菜。菜園離屋子很近，所以白天時，鹿群不敢越過籬笆，偷吃蔬菜；晚上，傑克也會盡心看守，不讓鹿群有溜進來的機會。有時候，當他們早上來到園子時，會發現胡蘿蔔和甘藍菜之間有鹿的蹄痕，但是其中也夾雜著幾個傑克的腳印。他們想，肯定是鹿群一跳進來，就被傑克趕走了。

現在，馬鈴薯、胡蘿蔔、甜菜根、蕪菁和甘藍菜都已經採收下來，貯存在地窖裡了，因為寒冷的冬天即將來臨。

閣樓裡，掛著許多用莖葉編成的洋蔥串，它們的旁邊還掛著用繩子紮成圓形的紅辣椒；閣樓的另一個角落則堆了許多橘色、黃色和綠色的南瓜。一桶桶的醃魚被放在食物儲藏室，金黃色的乳酪則存放在儲藏室的櫃子上。

看來，蘿拉一家可以安然地度過這個冬天了。

有一天，亨利舅舅騎著馬穿過大森林，來到蘿拉家協助爸殺豬。媽早已把刀子磨利了，亨利舅舅也帶來了波莉舅媽的殺豬刀。

爸和亨利舅舅在豬圈旁生了一個火堆，上面燒著一大鍋水。等到水滾之後，他們就動手宰豬。蘿拉連忙跑回屋內，把頭埋在被窩裡，並且用雙手摀住耳朵，以免聽見豬的尖叫聲。過了一會兒，蘿拉小心翼翼地把手從耳朵上移開，發現豬已經停止尖叫了。她蹦蹦跳跳地跑出屋子，準備加入工作的行列。

今天真是忙碌的一天，有好多事情可以觀察，也有好多事情要處理。亨利舅舅和爸都很開心，因為晚餐可以享用豬肋排，爸也答應蘿拉和瑪莉，要把豬膀胱和豬尾巴送給她們。

等豬斷氣後，爸和亨利舅舅就把牠抬進熱水裡，仔仔細細地將牠的身體燙過一遍。接著，他們把豬放到一塊大木板上，用刀子刮去豬鬃。毛去除乾淨後，再把豬掛在樹枝上，取出內臟，讓豬肉慢慢降溫。

豬身涼透後，爸和亨利舅舅就把豬抬下來切開，並將各個部位的肉分門別類放好，有大腿肉、豬肩肉、豬腹、豬肋排和豬腩，還有豬心、豬肝和豬舌。除此之外，豬頭可以製成豬頭肉凍，盤子裡的碎肉則可以用來做香腸。

所有的豬肉都放在後院庫房裡的木板上，每一塊肉都抹上了鹽巴。大腿肉和豬肩肉被丟進鹽水裡醃漬，因為它們必須和鹿肉一樣放到空心樹幹裡煙燻。

爸往豬膀胱裡吹氣，把它做成一顆白色氣球，再用繩子把尾端牢牢綁緊，然後送給瑪莉和蘿拉玩。她們把「氣球」拋向空中，用手輪流拍打。偶爾，她們也會把它放在地上當足球踢。不過，和「氣球」比起來，她們更喜歡豬尾巴。

爸仔細地把豬尾巴的皮剝掉，然後在較粗的那一端插進一根削尖了的樹枝。媽打開爐灶門，把幾塊燒紅的煤炭拿出來放進壁爐裡，讓蘿拉和瑪莉輪流拿著豬尾巴在炭火上烘烤。

豬尾巴被烤得滋滋作響，油脂滴落在煤炭上，燃起熊熊火花。媽在豬尾巴上灑了點鹽巴。她們的手和臉都被烤得紅通通，蘿拉還不小心燙到了手指頭，但是她實在是太興奮了，所以一點也不覺得疼。烤豬尾巴真的非常有趣，以致姐妹倆都爭相搶著奪回烘烤的主導權。

終於烤熟啦！整條豬尾巴被烤成耀眼的金黃色，聞起來令人食指大動。她們把豬尾巴拿到庭院裡冷卻，可是兩人等不及食物完全涼透就開始品嘗起來，結果把舌頭燙傷了。

她們把豬尾巴上的肉啃得乾乾淨淨，然後把骨頭送給了傑克。豬尾巴就這樣吃完了，她們要再等上一年，才能享用另一根豬尾巴。

亨利舅舅吃完晚餐就回去了，爸又回到大森林裡繼續工作。但是對蘿拉、瑪莉和媽來說，處理豬肉的工作才正要開始。媽有好多事情要做，幸虧她有蘿拉和瑪莉這兩個小幫手。

媽花了整整兩天的時間，用爐灶上的大鐵鍋熬煮豬油。蘿拉和瑪莉負責搬木柴和照看爐火。火勢必須旺盛，卻又不能太過猛烈，否則豬油就會燒焦。最好是保持在豬油正好沸騰、又不會冒煙的程度。每隔一段時間，媽就會把漂浮在豬油上的棕色豬油渣撈起來，放在一塊布裡，用力擠出每一滴豬油，再把豬油渣收集起來，等之後做玉米餅時可以派上用場。

豬油渣十分美味，但是蘿拉和瑪莉只能吃一點點，因為媽認為這個對小女孩來說太油膩了。

媽仔細地將豬頭上的毛剃除並清洗乾淨，再放進鍋子裡燉煮，直到骨頭和肉完全分離為止。接著，她把肉放進木碗裡，用刀子剁碎，加入胡椒、鹽巴和香料調味，再丟進剛才熬煮的肉湯裡，最後倒入平底鍋中冷卻。等到肉湯和碎肉結成凍、被切成一塊一塊時，就稱為豬頭肉凍。

媽將剩下來的一些碎肉、瘦肉和肥肉剁成非常細的肉末，再撒上鹽巴、胡椒和從菜園裡摘下來的鼠尾草。她用手不停攪拌，直到肉末和佐料混合均勻為止，然後才把它們捏成一顆顆的肉球。接著，她將這些肉球放在鐵盤上，並拿到外面的庫房裡冷凍，等肉球結冰後，就可以存放整個冬天。

殺豬的日子結束後，庫房裡堆滿了肉球、豬頭肉凍、好幾罐的豬油，以及一桶桶的醃豬肉；燻好的火腿和豬肩肉則存放在閣樓。小木屋裡貯存了許多美味的食物，足夠蘿拉一家度過漫長的冬日了。

現在，蘿拉和瑪莉只能待在屋裡玩耍，因為天氣已經變得十分寒冷，枯黃的葉子紛紛從樹枝上落下。爐灶裡的火整日都在燃燒，到了晚上，爸會把煤灰聚集在一起，讓炭火能夠持續燒到隔天早晨。

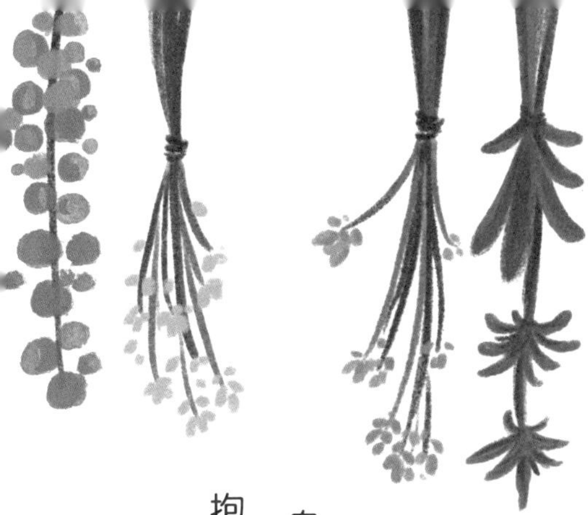

閣樓是個玩樂的好地方。那些又大又圓、色彩繽紛的南瓜可以拿來當作桌子和椅子；頭頂上有紅辣椒和洋蔥晃來晃去；用紙包裹好的火腿和鹿肉也懸吊在天花板上；除此之外，這裡還存放著一堆堆烹飪時用的香料草，以及生病時服用的苦藥草，使得閣樓充滿了各式各樣的香味。

冷風在屋外低聲怒吼，不過蘿拉和瑪莉絲毫不受影響，她們倆待在溫暖又舒適的閣樓，用南瓜玩扮家家酒。

瑪莉的年紀比蘿拉大，她有一個名叫「蕾蒂」的布娃娃。蘿拉只有一個用手帕裹住的玉米棒娃娃「蘇珊」，但是蘿拉很喜歡它，而且只有玉米棒做成的身體又不是蘇珊的錯。有時候，瑪莉會讓蘿拉抱一抱蕾蒂，不過蘿拉通常只會趁蘇珊不在身邊時，偷偷

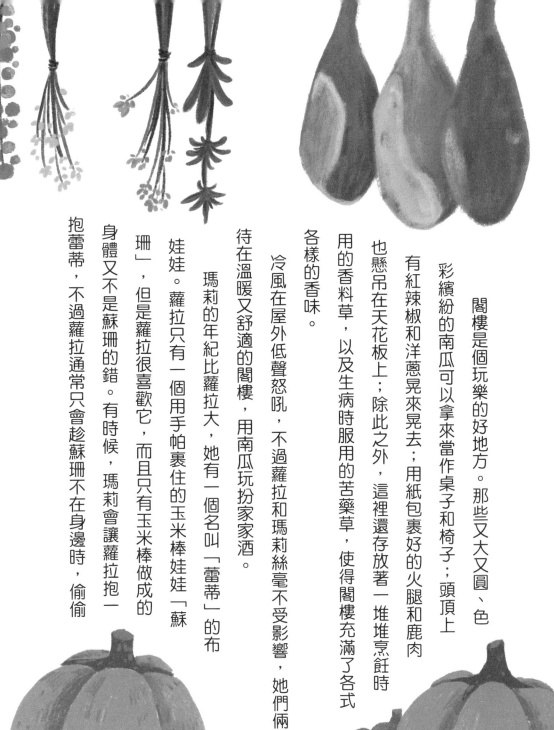

地抱一下姐姐的娃娃。

晚上是一天當中最棒的時光。吃完晚餐後，爸會從庫房拿出捕獸夾，坐在火爐旁邊替它上油。他會先把器具擦拭乾淨，再用羽毛沾取熊脂，塗在鉗口的鉸鏈和圓盤的彈簧上。

捕獸夾有小型的、中型的，以及鉗口上鑲有鋸齒、專門用來捕熊的大型捕獸夾。爸說，要是人類被它夾到的話，骨頭會斷掉的。

爸總是一邊替捕獸夾上油，一邊說笑話或故事給蘿拉和瑪莉聽。等工作完成後，他就會開始拉小提琴。

小木屋的門窗都關得緊緊的，連窗戶的縫隙也用布條堵住，免得冷空氣跑進屋裡。無論白天或黑夜，黑貓蘇蘇都可以從前門下方的活動門鑽進鑽出，隨心所欲地進出小木屋。牠的動作十分敏捷，因此門在牠身後掩上時，從來不曾夾住牠的尾巴。

一天晚上，爸在替捕獸夾上油時，看見黑貓蘇蘇走了進來，於是說：「很久以前，有一個人養了兩隻貓，一隻大貓和一隻小貓。」

蘿拉和瑪莉連忙跑過去，靠在他的膝蓋上聽他說下去。

「他養了兩隻貓，」爸又重複了一次，「一隻大貓和一隻小貓。因此，他在門上替大貓開了一個大門，又替小貓開了一個小門。」

說到這裡，爸停頓了一下。

「為什麼小貓不走大門呢？這樣……」瑪莉問。

「因為大貓不讓牠使用呀！」蘿拉插嘴說。

「蘿拉，你這樣很不禮貌，不可以打斷別人說話。」爸輕聲責備。

「不過，在我看來，」他繼續說，「你們倆比那位在門上開兩個貓洞的人聰明多了。」

接著，他放下捕獸夾，從琴盒裡拿出小提琴，開始演奏起來。這真是一天裡最美好的時刻。

第二章　冬天的白日和夜晚

第一場雪降臨了，天氣變得非常寒冷。每天早上，爸都會帶著獵槍和捕獸夾到森林裡，並在溪流旁設置小型捕獸夾，用來捕捉麝香鼠和水貂；在樹林裡埋設中型捕獸夾，用來獵捕狐狸和狼。他還架設了大型捕獸夾，希望能在熊躲進洞穴冬眠前，抓到一頭大胖熊。

一天早上，爸出門後沒多久又趕回家裡，把馬套上雪橇，然後駕著雪橇匆匆離開了。原來，他獵到了一頭熊。蘿拉和瑪莉開心得又蹦又跳，瑪莉還興奮得大喊：「我要吃熊腿！我要吃熊腿！」

事實上，瑪莉根本不知道熊腿有多大。

爸回來時，雪橇上載著一頭熊和一隻豬。今天早上，他肩上背著獵槍，手上提著大型捕獸夾，在森林裡走來走去。就在他經過一棵被白雪覆蓋的大松樹時，

突然發現樹的後面有一頭熊。

那頭熊剛咬死了一隻豬，正準備大快朵頤。爸說，當時那頭熊用兩條後腿站立著，兩隻前爪像手一樣抱著一隻豬。

爸開槍打死了那頭熊，不過他不知道那隻豬是從哪裡來的，也無法查出牠的主人是誰。

「所以我就把豬也帶回來了。」爸說。

新鮮的肉品足夠讓蘿拉一家吃上一段時間了。在這個寒冷的季節，白天和晚上的氣溫都很低，放在庫房裡的豬肉和熊肉都會被凍得硬邦邦，一點也不用擔心會腐壞。

每當媽需要用新鮮的肉烹調料理時，爸就拿起斧頭，到庫房裡砍下一塊豬肉或熊肉。若是媽需要香腸、醃豬肉、煙燻火腿或鹿肉時，她就會自己到閣樓或庫房裡拿取。

雪不斷落下，屋子四周堆滿了厚厚的積雪。早晨，玻璃窗上結了一層霜，看起來像是樹木、花朵和仙女的圖案。

媽說，這些圖案是霜精靈趁大家熟睡時畫的。蘿拉心想，霜精靈應該是個全身雪白的小矮人，頭上戴著白色的尖帽子，腳上穿著長至膝蓋的白色長筒尖靴。他的外套是白色的，手套也是白色的。他的身上沒有獵槍，只有一把尖銳的雕刻刀，用來創作出美麗的圖案。

媽讓蘿拉和瑪莉用她縫衣服的針，在結霜的玻璃窗上畫畫。不過，她們絕不會破壞霜精靈在夜裡留下的圖案。

她們把嘴巴湊近窗戶，朝著上面哈氣，讓白色的霜融化，變成水滴往下流。這樣她們就可以看見外面飛揚的雪花，以及那些光禿禿的大樹在地面上映照出的淡藍色影子。

蘿拉和瑪莉每天都會幫忙媽做家事。早上，她們會擦拭碗盤。瑪莉的年齡比較大，所以擦的碗盤比蘿拉多，不過蘿拉總是小心翼翼地擦乾自己的小杯子和小盤子。

擦完盤子後，就該整理有著滾輪的小床了。蘿拉和瑪莉分別站在床的兩側，一起把床罩拉平，並塞到床墊底下，接著把棉被摺好，再把枕頭拿起來拍鬆、擺放整齊。最後，媽就把小床推到大床下方收起來。

等這些事情完成之後，媽就要開始一天的工作了。她每天都有固定的家務事要做：

星期一洗衣服，

星期二燙衣服，

星期三補衣服，

星期四攪奶油，

星期五大掃除，

星期六烤麵包，

星期日休息。

在這些工作當中，蘿拉最喜歡攪奶油和烤麵包。

冬天的奶油不像夏天那樣黃，而是白色的，模樣不太好看。媽喜歡餐桌上的每樣東西都漂漂亮亮的，所以她會在冬天替奶油添加顏色。

她先把鮮奶油放進高高的攪拌罐裡，再把罐子放到爐灶旁加熱，然後把一根長長的橘色胡蘿蔔洗淨削皮。接著，她拿出一個老舊的平底鍋，爸先前已經用釘子在鍋子上鑿開許多個小洞了。媽把胡蘿蔔放在平底鍋上來回摩擦，利用鍋子上的洞把它全部磨碎。最後，當媽把平底鍋拿起來時，下面就會有一小堆柔軟多汁的胡蘿蔔泥。

她把胡蘿蔔泥放進鍋子裡，加入一些牛奶，然後放在火爐上加熱。接著，再把它們倒進布袋裡，擠出呈現亮黃色澤的牛奶。媽把那些牛奶倒入攪拌罐裡，這樣做出來的奶油就會變成金黃色了。

大功告成後，媽會讓蘿拉和瑪莉把剩下的胡蘿蔔渣吃掉。瑪莉認為自己的年紀比較大，理當多吃一點；蘿拉則主張自己年紀小，才應該多享用一些。不過，媽覺得她們倆應該要平分。胡蘿蔔渣真的十分美味。

準備好鮮奶油後，媽會把木製攪拌棒用熱水燙過，放進攪拌罐裡，再將木製蓋子放在攪拌罐上。木蓋中央有一個小圓孔，媽把攪拌棒穿過孔洞，一會兒上下抽壓，一會兒用力攪拌。

攪拌奶油需要花費很長一段時間。瑪莉會在媽媽休息時幫忙接手，但是蘿拉就沒辦法了，因為攪拌棒對她來說太重了。

一開始，木蓋的圓孔周圍會濺出濃稠、滑順的鮮奶油。經過長時間的攪拌之後，濺出來的奶油逐漸出現顆粒狀的物體。這時候，媽會開始放慢攪拌的速度，攪拌棒上的奶油顆粒則變得愈來愈多。

接著，媽把蓋子掀開，牛奶裡漂浮著一大塊金黃色的奶油。她用木勺把奶油裝進木碗裡，用冷水清洗數次，同時不停用木勺翻動它，直到完全洗淨為止。最後，她在奶油上撒了點鹽巴。

接下來，就是攪奶油中最好玩的時刻了！媽有一個幫奶油塑形的木製模型，模型的活動底蓋上刻著一顆草莓和兩片葉子。她把奶油放進模型裡，用力壓緊。接著，她把模型翻過來，倒扣在盤子上，再推動活動底蓋上的把手，一塊堅硬、金黃色的奶油就被推了出來，上面還印著草莓和葉子的圖案。

蘿拉和瑪莉站在媽的旁邊，屏住呼吸看著奶油被媽從模型裡推出來，落在盤子上。最後，媽讓兩人喝了一點美味又新鮮的牛奶。

星期六是烤麵包的日子，蘿拉和瑪莉各自分到一塊麵團，可以做成小麵包或小餅乾。有一次，蘿拉還用烤盤製作出一個小餡餅呢！

一天的工作完成後，媽會剪些紙娃娃給她們玩。她先在硬白紙上剪下娃娃的形狀，再用鉛筆勾勒出娃娃的臉蛋。她還會用色紙剪出各式各樣的衣服、鞋子、帽子、蝴蝶結和緞帶，讓蘿拉和瑪莉幫紙娃娃打扮得漂漂亮亮。

不過，一天裡最快樂的時光非晚上莫屬，尤其是爸回家以後。

爸穿過下著雪的森林走進屋裡，鬍鬚末端還掛著細小的冰柱。他把獵槍掛在門上，脫下毛帽、外套和手套後，大喊：「我可愛的小甜酒在哪裡呀？」

他指的是蘿拉，因為她的個子非常嬌小。

一聽到爸的呼喚，蘿拉和瑪莉便立刻飛奔到他的身邊。當爸坐在火爐旁邊取暖時，她們就會爬到他的腿上。過了一會兒，爸會再度穿上外套、戴上毛帽和手套，到屋外完成每天的例行工作，再把生火用的木柴拿進屋內。

有時候，要是捕獸夾全都空空如也，爸就會在檢查完裝備後，迅速走回家；倘若他外出狩獵時，很快就捕獲獵物，他也會提早回家陪伴家人。

蘿拉和瑪莉最喜歡和爸玩一種叫做「瘋狗」的遊戲。爸會用手把濃密的茶褐色頭髮弄亂，讓頭髮豎起來，然後像狗一樣趴在地上低聲吠叫，追著蘿拉和瑪莉滿屋子跑，試圖把她們逼到角落。

她們躲得快、跑得也快，不過有一次，爸還是成功地把她們逼到爐灶後方的木箱旁。她們無法從爸的面前繞過去，也找不到其他的路可以逃走。

爸的咆哮聲非常可怕，他的頭髮蓬亂、眼神凶狠，簡直就像是真的瘋狗。瑪莉嚇得不敢動彈，然而當爸逼近的時候，蘿拉發出一聲尖叫，接著使盡全身的力氣拉著瑪莉，跳上旁邊的木箱。

「瘋狗」頓時消失得無影無蹤，只剩下慈愛的爸站在那裡，用閃閃發亮的藍眼睛望著蘿拉。

「哇！」爸對蘿拉說，「雖然妳的身材嬌小得像一瓶小甜酒，可是力氣卻不輸健壯的法國小馬呢！」

「查爾斯，你不該把孩子嚇成那個樣子。」媽說，「你看！她們的眼睛瞪得有多麼大啊！」

爸看了看她們，拿出他的小提琴，開始唱歌：

美國佬進城去，
他穿著條紋褲，
他發誓沒有看見城鎮，
只看到數以千計的房屋。

我要唱美國佬的歌，
傻兮兮的美國佬！
我要唱美國佬的歌，
傻兮兮的美國佬！

蘿拉和瑪莉立刻把瘋狗拋到腦後了。

冰雪籠罩著大地，小木屋孤零零地矗立在荒涼的大森林裡，然而屋內卻是那麼溫暖、歡樂又舒適。爸、媽、瑪莉、蘿拉和小寶寶凱麗愜意地待在小木屋裡，享受美好的夜晚。

壁爐裡閃耀著火光，寒冷、黑暗和野獸統統被關在門外，渾身長著斑點的牛頭犬傑克與黑貓蘇蘇躺在壁爐前，看起來昏昏欲睡。

媽坐在搖椅上，藉著桌上的煤油燈縫補衣物。那盞燈璀璨明亮，盛裝煤油的玻璃碗裡放了一些鹽巴，用來防止煤油燈爆炸。鹽粒中還摻進了一點紅色法蘭絨碎片，讓煤油燈看起來更加漂亮。

蘿拉喜歡盯著那盞燈。煤油燈的玻璃燈罩乾淨又閃亮，黃色的火焰穩定地燃燒著，裝著清澈煤油的碗裡漂浮著一些紅色法蘭絨碎片。她也喜歡看著壁爐裡的火，火焰不停閃爍、色彩變化無窮，一會兒是紅黃交錯的顏色，一會兒又出現詭譎的綠色，而金紅色的煤炭上則湧現許多藍色的火苗。

接下來，爸要開始說故事了。

蘿拉和瑪莉央求爸講故事的時候，爸會把她們抱到膝蓋上，用長長的絡腮鬍搔搔她們的臉蛋，弄得她們忍不住放聲大笑。這時，爸的藍眼睛會閃爍著快樂的光芒。

一天晚上，黑貓蘇蘇在火爐前伸展四肢，一下子把爪子伸出來，一下子又縮回去。爸看到後，就問兩姐妹：「你們知道黑豹是貓科動物的一種嗎？牠是體型很大的野貓。」

「不知道。」蘿拉說。

「你們只要想像黑貓蘇蘇的體型比傑克大、吼叫起來比傑克凶猛的樣子，那麼就可以大概勾勒出黑豹的輪廓了。」爸說。

他調整姿勢，讓蘿拉和瑪莉坐得舒服一些，然後說：「我要告訴你們一個關於爺爺和黑豹的故事。」

「是您的爺爺嗎？」蘿拉問。

「不是，是你的爺爺，我的父親。」

「噢！」蘿拉應了一聲，然後靠到爸的懷裡。她曾經見過爺爺幾次，爺爺住在森林裡的一幢大木屋裡，不過距離這裡十分遙遠。

爸開始說故事了。

「有一天，爺爺進城去辦事情，等到他動身回家時，天色已經很晚了。他騎馬穿過大森林，四周一片漆黑，連路也看不清楚。就在這個時候，附近傳來了黑豹的吼叫聲。他嚇得寒毛直豎，因為他沒有帶獵槍出門。」

「黑豹是怎麼叫的？」蘿拉問。

「就像女人一樣，你們聽。」爸說完後突然叫了一聲，嚇得蘿拉和瑪莉直打哆嗦，緊緊抱住他的肩膀。

媽從椅子上跳起來，說：「天啊，查爾斯！」

不過，蘿拉和瑪莉很喜歡這種恐怖的氣氛。

「爺爺騎的馬沿途狂奔，因為牠也被嚇壞了，可是牠始終無法擺脫黑豹。那頭豹在黑暗的樹林裡穿梭，由於牠渴望得到獵物來填飽肚子，因此幾乎跑得和馬一樣快，緊緊地追趕在他們身後。

「爺爺坐在馬鞍上，將身體往前傾，催促馬兒跑得快一點。馬兒已經用最快的速度飛奔，黑豹仍舊緊追不捨。就在黑豹從一棵樹的樹梢跳到另一棵樹時，爺爺終於看清了牠的模樣。那頭豹又大又黑，牠在空中跳躍的樣子，簡直就和黑貓蘇蘇捕捉老鼠的動作一模一樣。不過，牠比那隻貓還要大上好幾倍。要是牠撲到爺爺的身上，肯定會用利爪了結爺爺的性命。

「爺爺騎在馬背上，像老鼠躲避貓似地逃跑。這時，黑豹突然停止發出可怕的叫聲，爺爺也沒有看見牠的身影。可是，他感覺得出那隻豹仍然在他的身後窮追不捨，因此他不敢懈怠，一路策馬狂奔。

「最後，馬兒終於跑到爺爺家了。爺爺回頭一看，發現黑豹正往這裡飛撲而來，於是立刻跳下馬背，衝進屋內，並且砰地一聲把門關上。說時遲那時快，黑豹正好跳到了馬背上，馬兒嚇得尖聲嘶鳴，拚命往森林裡跑去。爺爺見狀，迅速拿起掛在牆上的獵槍，走到窗邊，一槍射死了黑豹。

「後來爺爺總是說，他再也不敢不帶槍進入森林了。」

爸說這個故事的時候，蘿拉和瑪莉都嚇得把身體縮成一團，不斷往爸的懷裡鑽。她們知道，有爸的保護，她們會非常安全。

　　在下雪的夜晚，蘿拉和瑪莉喜歡待在溫暖的火爐前，就連黑貓蘇蘇也躺在火堆旁，發出舒服的呼嚕聲；乖狗狗傑克則趴在蘇蘇身旁。當遠處傳來狼嗥時，傑克會抬起頭，頸背上的毛也一根根豎立起來。蘿拉和瑪莉一點也不擔心野狼會跑進屋內，因為小木屋非常堅固，而且她們還有爸媽和傑克的保護。

　　每天晚上，爸在開始說故事之前，都會先將隔天打獵時要用的子彈做好。蘿拉和瑪莉會在一旁幫忙，把長柄大湯匙、裝滿鉛塊的盒子和子彈模具拿給爸。爸蹲坐在火爐前製作子彈時，她們就坐在旁邊觀看。

　　首先，爸把鉛塊放在大湯匙，拿到炭火上讓它融化。等鉛塊完全融化後，他就謹慎地將湯匙中的液體倒進子彈模具的孔洞裡。一分鐘後，再打開模具，一顆亮晶晶的嶄新子彈便滾落到地板上。

　　剛做好的子彈很燙，不能用手觸摸，可是它那亮晃晃的樣子實在太過迷人，蘿拉和瑪莉經常忍不住伸手去碰，結果把手指頭給燙傷了。她們不敢吭聲，因為爸早就警告過她們了，所以兩人只能把燙傷的手指放進嘴裡吸吮，讓它降溫，然後繼續看爸製作子彈。

當爸停下手邊的工作時，火爐前已經堆積了許多新子彈。他讓它們慢慢冷卻下來，接著用小刀刮下模具孔洞裡殘留的鉛屑。他小心翼翼地把這些鉛屑收集起來，留待下次做子彈時使用。

爸把做好的子彈放進子彈袋裡，那個袋子十分精緻，是媽用爸獵到的鹿皮做成的。

做好子彈後，爸便從門上取下獵槍來清理。爸整日帶著槍在雪地裡打獵，槍管難免受潮，而且還會殘留火藥的煙灰。

他把槍管下面的通條抽出來，並在它的尾端綁上一條乾淨的布，再將槍桿立在火爐前的平底鍋裡，然後把茶壺裡的熱水倒進槍管。接著，爸迅速地把通條塞進槍管，來回抽動刷洗，被煙灰染黑的髒水就會從槍管上的小洞噴出來。倒進獵槍內的水一定要是滾燙的熱水，這樣裡面殘留的水分才會快速蒸發。

爸不斷一邊往槍管裡灌水，一邊用綁著布的通條清潔，直到流出來的水變得清澈為止。

接下來，爸在通條上綁了一塊沾了油的乾淨布條，趁槍管還熱著的時候，替內部上油，然後用另一塊沾了油的布擦拭整個槍身。最後，再把木製槍托也擦得閃閃發亮。

現在，爸準備替槍上膛了。這種時候，他需要蘿拉和瑪莉的幫忙。爸站直身子，把獵槍直立起來、槍托朝下，蘿拉和瑪莉分別站在他的兩側。爸對兩人說：「你們要仔細注意我的動作，如果我做錯了，就趕快告訴我。」

她們緊盯著爸的動作，但是爸從不曾出過差錯。

蘿拉把一個磨得很光滑的牛角遞給爸。牛角裝滿了火藥，頂部有一個小小的金屬蓋。爸在蓋子裡裝滿火藥，然後把火藥倒進槍管。接著，他輕輕地晃了晃獵槍，又拍了拍槍身，讓火藥確實落到底部。

「我的碎布盒在哪裡？」爸問。

瑪莉連忙將裝滿油布片的錫製盒子遞給他。爸拿出一塊油布片，放在槍口，再將一顆亮晶晶的新子彈放在油布片上，然後用通條把子彈與油布片一起推進槍管裡。接著，他把子彈和油布片緊緊地壓到火藥裡。當通條打到子彈時，會向上反彈，爸就會抓緊通條繼續朝裡面推。他花了許多時間重複這個動作。

接下來，他把通條放回槍管下方，再從口袋裡拿出一盒火帽。他把槍的擊鐵往上推，將一枚閃亮的火帽填入擊鐵下的筒形栓上。接著，爸緩緩地放下擊鐵。如果擊鐵落下的速度太快，就會引發槍枝走火。子彈上膛後，爸便把槍掛在門扉的掛鉤上。

新子彈做好、獵槍也上膛後，就是說故事的時間了。

「告訴我們森林裡的聲音的故事吧！」蘿拉央求爸。

爸瞇起眼睛望著她，然後說：「噢，不！你們不會喜歡聽那個故事的，那時我還只是個淘氣的小男孩呢！」

「我們想聽！」蘿拉和瑪莉急忙說，於是爸開始娓娓道來……

「當我還只是個年紀比瑪莉稍長一些的男孩時，每天下午都要去森林裡，把

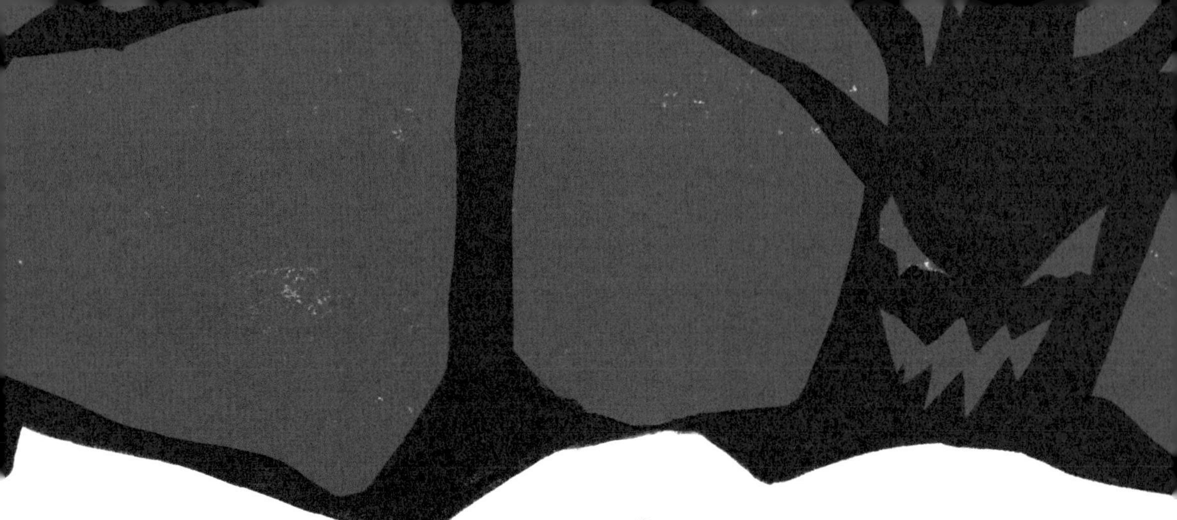

在那裡吃草的牛兒趕回家。我父親總是叮囑我不要貪玩，一定要在天黑之前回到家，因為森林裡有熊、狼和黑豹。

「有一天，我比平常早出門，所以我想用不著匆匆忙忙趕回家。森林裡有許多值得人駐足欣賞的東西，我也就漸漸地忘記時間了。這段期間，我看見紅松鼠和花栗鼠在樹枝間鑽來鑽去，還碰見小兔子們在空地玩耍。你們知道，小兔子總會在上床睡覺前玩遊戲。

「後來，我假裝自己是一名了不起的獵人，正在追蹤野獸和印第安人。我還幻想自己正在和印第安人交戰，敵人從四面八方向我進攻。直到我突然聽見鳥兒們嘰嘰喳喳地互道晚

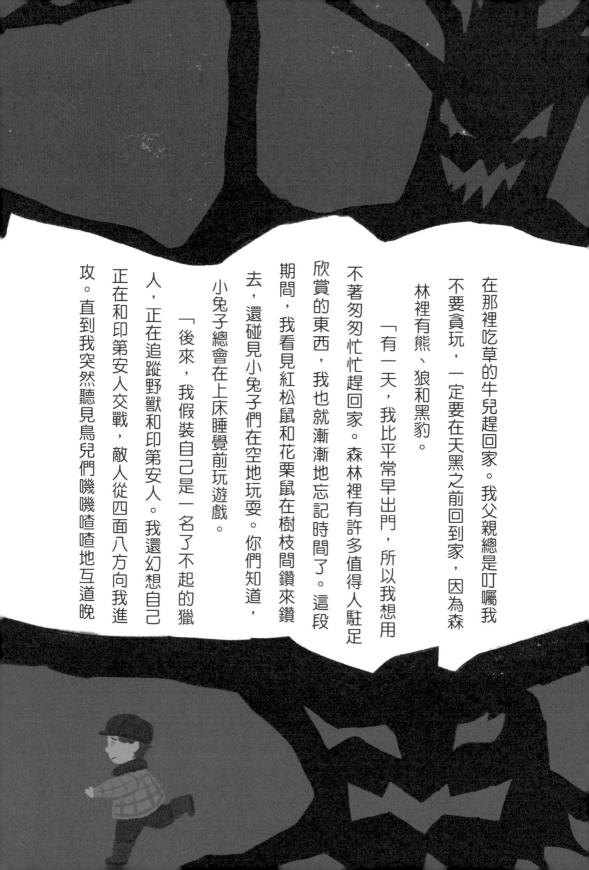

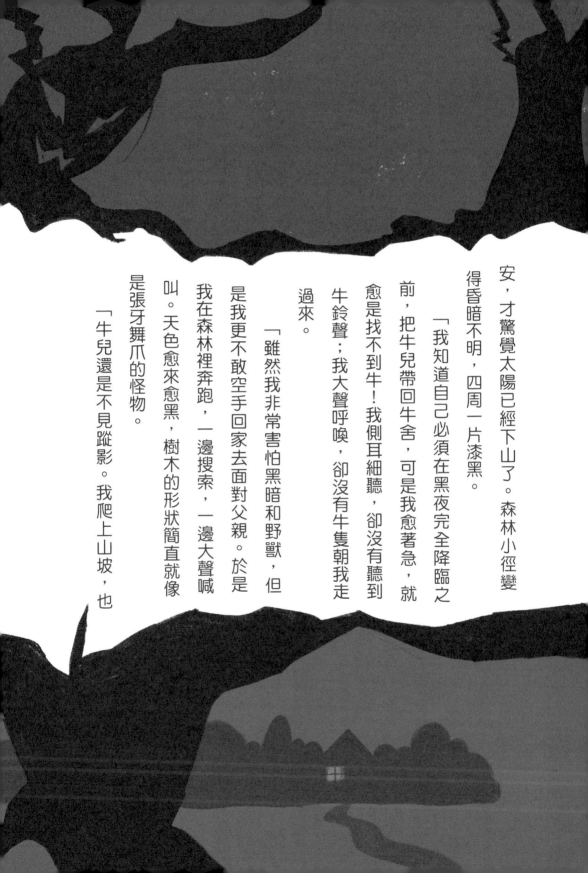

安，才驚覺太陽已經下山了。森林小徑變得昏暗不明，四周一片漆黑。

「我知道自己必須在黑夜完全降臨之前，把牛兒帶回牛舍，可是我愈著急，就愈是找不到牛！我側耳細聽，卻沒有聽到牛鈴聲；我大聲呼喚，卻沒有牛隻朝我走過來。

「雖然我非常害怕黑暗和野獸，但是我更不敢空手回家去面對父親。於是我在森林裡奔跑，一邊搜索，一邊大聲喊叫。天色愈來愈黑，樹木的形狀簡直就像是張牙舞爪的怪物。

「牛兒還是不見蹤影。我爬上山坡，也

跑到漆黑的山谷裡搜尋，卻仍舊一無所獲。有時候，我會停下腳步，聽聽看有沒有牛鈴的聲音，可是只聽見葉子被風吹得沙沙作響。

「我光著的腳丫子被荊棘劃傷，身體也被灌木叢的枝條打得傷痕累累，但我仍一邊尋找，一邊大喊：『蘇凱！蘇凱！』蘇凱是牛的名字。

「這時，我的頭頂上方忽然出現了一個聲音：『嗚。』我頓時嚇得一動也不敢動，只能屏住呼吸，呆站在原地。

「『嗚，嗚。』那個聲音又出現了。我嚇得拔腿就跑，完全把牛兒忘了個精光，一心只想逃離可怕的森林，可是那個聲音一直在黑暗中跟著我。我跑得上氣不接下氣，途中還被某個東西絆倒，摔了一跤，但是我顧不得傷口，掙扎著爬起來，繼續往前跑，速度快得就連狼也望塵莫及。

「最後，我終於逃出森林，跑回牛舍。結果我遍尋不著的牛兒居然就站在那裡，等著我放牠進去。我把牠帶進牛舍後，立刻回到屋子裡。

「我父親看著我，說：『為什麼這麼晚才回來？是不是又貪玩了？』

「我羞愧地低下頭，這才發現大拇趾的趾甲整片剝落了。不過我當時實在太害怕，所以渾然不覺得痛。」

每當說到這裡，爸就會停下來，等著蘿拉催促說：「爸，繼續說呀！拜託繼續說！」

「好吧！」爸說，「接著，你們的爺爺就走到庭院裡，砍下粗樹枝，然後回到屋內，狠狠地修理我一頓，要我牢牢記住這次的教訓。

「『你已經九歲了，應該要懂得遵從父母的叮嚀。』爺爺說，『我不讓你在路上玩耍是有原因的。如果你照我說的去做，就不會受傷了。』」

「沒錯！」蘿拉在爸的腿上扭動著，「爺爺還說了什麼？」

「他說：『要是你乖乖聽話，在天黑之前離開大森林，就不會被貓頭鷹的聲音嚇成這樣啦！』」

第三章 聖誕節

聖誕節快到了。

大片的雪花不停落在牆邊和窗戶旁，小木屋幾乎快要被雪埋起來了。每天早上，爸出門時，總會看見和蘿拉一樣高的積雪。他用鏟子清出一條通往牛舍和馬廄的小路，牛和馬都待在各自的溫暖小屋裡。

這幾天的天氣都非常晴朗。蘿拉和瑪莉站在窗邊的椅子上，看著外面閃閃發亮的雪和樹。雪花堆積在光禿禿的黑色樹枝上，在陽光的照耀下閃爍著光芒。小木屋的屋簷懸掛著大大小小的冰柱，末端幾乎要碰到地上，有的甚至和蘿拉的手臂一樣粗。那些冰柱像玻璃一樣，反射出耀眼的光彩。

爸沿著小路往小木屋走時，呼出來的氣就像煙霧一樣飄浮在空中，接著凝結成白霜，落在嘴唇周圍的鬍子上。

進門時，爸先跺了跺腳，把靴子上的雪抖落，再一把抱起蘿拉，緊緊貼近他冰冷的外套。這時，他鬍子上的冰霜立刻融化成水珠。

每天晚上，爸都忙著做木工。他先用刀削出一塊大木板和兩塊小木板，再用手掌壓著砂紙來回摩擦，直到木頭摸起來彷彿絲綢一樣滑順為止。接著，他拿來一把鋒利的小刀，在大木板的邊緣雕刻出小山與高塔，又在山峰頂端刻了一顆大星星。他在木板上鑽洞，並把那些小洞雕刻成窗戶、星星、弦月和圓環的形狀。除此之外，他還在那些孔洞的四周刻出細小的樹葉、花朵和小鳥。

爸把其中一小塊木板的邊緣裁成弧線，然後沿邊刻上葉子、花兒和星星，並在整塊木板上雕滿了弦月和花紋。另外，他在最小塊木板的邊緣，雕上一株帶有盛開花朵的藤蔓。

爸小心翼翼地雕刻著，哪怕是再微小的地方也要仔細刨刮，力求成品達到他心目中最完美的樣子。

幾天過後，爸終於完成雕刻木板的工作了。一天晚上，他把三塊木板組裝起來，製成一個小置物架。大木板是置物架的背板，中間橫放著一塊光滑的托板，大星星就在背板的最頂端。弧線造型的小木板是架子的底板，上面的花朵和鳥兒雕得非常生動，有小藤蔓的那一塊則圍在背板邊緣。

這是爸送給媽的聖誕禮物。爸小心地把置物架掛在兩扇窗戶中間的木牆上，他才剛掛好，媽就迫不及待地把她的陶瓷娃娃放在架子上。

小陶瓷娃娃戴著一頂小圓帽，金色的陶瓷鬈髮披散在臉頰旁。她的陶瓷洋裝上滾著花邊，還圍了一條粉紅色的圍裙，腳上穿了一雙金色的陶瓷小鞋。她站在置物架上，身邊圍繞著花朵、樹葉、小鳥和月亮，頭頂上還懸掛著一顆大星星，看上去真是美極了！

媽整天忙著為聖誕節準備美味的食物。她烤了傳統發酵麵包、印第安黑麥麵包、瑞典脆餅，以及一大鍋的烤豆子搭配醃豬肉與糖蜜。除此之外，她還烤了果醋派和乾蘋果派。她把烤好的餅乾放進大罐子裡，並讓蘿拉和瑪莉舔了舔做蛋糕用的大湯匙。

一天早上，媽把糖蜜和糖放進鍋裡，熬煮成濃稠的糖漿。爸到屋外裝了兩大盤乾淨的白雪，並分給蘿拉和瑪莉一人一盤。接著，爸和媽教她們如何把深褐色的糖漿慢慢淋在白雪上。

她們用糖漿在盤中的雪上畫圈圈、花紋和各種彎曲的線條。糖漿一碰到雪，立刻凍得硬邦邦，變成糖果。蘿拉和瑪莉可以各吃一顆糖，剩下的要等到聖誕節當天才能享用。

媽之所以準備那麼多東西，是因為伊麗莎嬸嬸、彼得叔叔、小彼得堂哥、愛麗絲和艾拉兩位堂姐，要來蘿拉家過聖誕節。

他們在聖誕節前一天抵達。蘿拉和瑪莉聽到歡快的雪橇鈴聲愈來愈接近，過了一會兒，一輛大雪橇從森林裡鑽出來，停在小木屋門口。雪橇上坐著伊麗莎嬸嬸、彼得叔叔和他們的孩子，大家的身上都裹著一層又一層的毛毯、外套、圍巾和面罩，看上去彷彿幾個沉重的大包裹。

他們進屋以後，小木屋頓時變得非常擁擠。黑貓蘇蘇無法忍受人聲鼎沸的地方，於是迅速跑出屋子，躲進牛舍裡；傑克則在雪地裡一邊跳，一邊轉圈，快樂得好像永遠也停不下來。現在，蘿拉和瑪莉可以和堂哥、堂姐一起玩啦！

伊麗莎嬸嬸替小彼得、愛麗絲和艾拉把外套脫掉後，三個孩子立刻興奮得又跑又叫，簡直就像脫韁的野馬。後來，伊麗莎嬸嬸實在受不了，於是大聲喝止孩子們，要大家安靜一點。

愛麗絲見狀，於是說：「我們到屋外去畫畫吧！」

媽覺得外面太寒冷，而且蘿拉的年紀還小，因此不許她出去。不過，她不忍心看見蘿拉失望的表情，於是特別通融她到屋外玩一會兒。媽替蘿拉穿上外套、連帽斗篷、手套和圍巾後，才放心讓她出門。

蘿拉從來沒有玩得這麼開心過。整個上午，她都和愛麗絲、艾拉、小彼得和瑪莉，一起在雪中玩「畫人兒」的遊戲。他們是這麼玩的：

每個人各自爬上一根矮樹樁，張開雙臂往下跳，把臉埋進鬆軟的雪堆裡。接著，小心翼翼地爬起來，不破壞印在雪地上的人形。如果所有人都成功，地上就會有五個和他們長得一模一樣的凹洞。

孩子們即使已經玩了一整天，晚上卻仍舊精力充沛，興奮得睡不著覺，但是他們非睡不可，否則聖誕老人就不會來了。於是，他們把襪子掛在火爐旁，禱告完後便上床就寢了。

愛麗絲、艾拉、瑪莉和蘿拉睡在地上的一張大床墊上；小彼得睡在帶有滾輪的小床上；伊麗莎嬸嬸和彼得叔叔睡大床；爸和媽則到閣樓打地鋪。彼得叔叔把雪橇上的毛毯全都拿進屋，讓每個人充當棉被保暖。

爸、媽、伊麗莎嬸嬸和彼得叔叔坐在火爐前聊天。就在蘿拉快要睡著時，她聽見彼得叔叔說：「有一次，我到大湖城辦事時，伊麗莎差點就沒命了呢！你們知道『王子』吧？牠是我家的狗。」

蘿拉立刻清醒過來，因為她最喜歡聽關於狗的故事。她像小老鼠那樣靜靜躺著，看著牆上閃爍的火光，聽著彼得叔叔說下去。

「嗯，」彼得叔叔說，「那天早上，伊麗莎提著水桶，想到小溪邊汲水，王子也跟著她一起去。山澗旁邊有一條小徑通往小溪，就在她正要踏上那條路時，王子突然咬住她的裙襬，拚命將她往後拉。

「你們知道王子是一隻體型龐大的狗。伊麗莎大聲斥責，但是王子仍舊不願意鬆口。牠的力氣非常大，伊麗莎根本沒辦法掙脫。王子一邊後退，一邊咬著她的裙子，結果竟硬生生地扯下一大塊布料。」

「就是我那件藍色印花長裙。」伊麗莎嬸嬸說：「牠咬壞那件裙子，讓我氣得火冒三丈。當時我真想修理牠一頓，不料牠竟然還對我吠個不停。」

「王子對你咆哮？」爸問。

「沒錯！我也覺得很不可思議。」伊麗莎嬸嬸說。

「之後，伊麗莎仍舊朝小徑走去。」彼得叔叔繼續說，「想不到王子居然直接跳到她的面前，擋住去路，還齜牙咧嘴地對她咆哮。無論伊麗莎柔聲安撫，還是厲聲斥責，牠都不理會，只是一個勁地狂吠。伊麗莎想從牠身邊繞過去，可是牠仍然擋在她的面前，還張開嘴要咬她，把她給嚇壞了。」

「那時的王子看起來凶狠極了！我還以為牠會咬我。」伊麗莎嬸嬸說，「我相信，要是我執意往前走，牠真的會咬我。」

「真是令人不敢相信！」媽說，「後來你怎麼辦？」

「我轉身跑回家，並把孩子們叫進屋裡，然後緊緊關上門窗。」伊麗莎嬸嬸回答。

「王子雖然對陌生人很凶，」彼得叔叔說，「可是牠一直對伊麗莎和孩子們很友善，所以我總是放心讓妻兒和牠待在一起。當時伊麗莎完全不明白，牠為什麼變得如此反常。伊麗莎回到家後，王子就在屋子四周打轉，並不時發出低吼。每當伊麗莎開門，牠就會撲過來，作勢要咬人。」

「牠是不是瘋了？」媽問。

「我那時也是這麼想。」伊麗莎嬸嬸說，「我不知道該怎麼辦，只能和孩子一起被困在屋子裡。家裡連一滴水也沒有，我必須到外面拿點雪來融化成水。可是只要我稍微把門打開，王子就會撲過來，彷彿要將我撕成碎片。」

「這個情形持續了多久？」爸問。

「一整天，直到傍晚為止。」伊麗莎嬸嬸說，「要不是彼得把槍帶出去，我早就一槍斃了牠。」

「到了傍晚，」彼得叔叔說，「王子終於安靜下來，乖乖趴在門口。伊麗莎以為牠睡著了，決定試著從牠旁邊溜過去，到溪邊汲水。於是她悄悄地打開門，但是王子立刻就醒了。牠看到伊麗莎手上拿著水桶，便爬起來，像平常一樣領著她到溪邊。伊麗莎來到小溪後，看見雪地上全是豹留下來的腳印。」

「那些腳印和我的手掌一樣大。」伊麗莎孀孀說。

「沒錯！」彼得叔叔說，「可見那隻豹非常龐大，我從來沒見過那麼大的腳印。要是早上王子讓伊麗莎去打水，她一定會被豹咬死的。我觀察了那些腳印，發現那隻豹本來就趴在溪邊的一棵大橡樹上，等待獵物自投羅網。如果伊麗莎走到那裡，肯定無法逃脫牠的魔掌。伊麗莎看見那些腳印時，天已經快黑了，因此她立刻提著水走回家。王子緊跟在她身後，並不時回頭張望。」

「你殺死那頭豹了嗎？」爸問彼得叔叔。

「沒有。」彼得叔叔說，「我帶著槍到溪邊巡視，可是沒發現牠的蹤影。我追蹤牠的足跡，發現牠往森林北邊去了。」

這時候，愛麗絲、艾拉和瑪莉都醒了。蘿拉把頭縮進棉被裡，悄聲對愛麗絲說：「天哪！你當時害怕嗎？」

愛麗絲低聲說她很害怕，但是艾拉比她還要害怕。艾拉聽見後，噘起小嘴，說她一點也不怕。

女孩們躺在一起，小聲地談論這件事情。最後，媽忍不住說：「查爾斯，你替那幾個孩子拉首曲子吧，否則她們永遠也睡不著。」

於是，爸把小提琴拿了出來。

屋裡一片寧靜，溫暖的爐火持續燃燒著。媽、伊麗莎嬸嬸和彼得叔叔的影子投射在牆上，隨著搖曳的火光不停晃動。爸輕快地拉起小提琴，孩子們就在柔和的琴聲中，緩緩進入夢鄉。

第二天早晨，孩子們幾乎同時醒來。他們看向火爐旁的襪子，發現裡面果然裝了東西。聖誕老人真的來過了！大家穿著睡袍，尖叫著上前去打開襪子，想看看聖誕老人送給自己什麼禮物。

每隻襪子裡都有一雙紅色的手套，以及一根紅白相間的拐杖糖。孩子們開心得說不出話來，只能用閃閃發亮的眼睛盯著可愛的聖誕禮物。不過，蘿拉比任何人都高興，因為她還得到了一個布娃娃。

那是一個漂亮的娃娃，白布製成的臉蛋上有著一對黑鈕釦做的眼睛，眉毛是用黑色鉛筆畫上去的，臉頰和嘴唇用紅莓汁染得嫣紅，美麗的黑色鬈髮則是用毛線編織而成。布娃娃的腳上穿著紅色法蘭絨長襪和黑鞋子，身上穿著用粉紅色和藍色棉布裁製成的漂亮洋裝。

蘿拉一句話也說不出來，因為這個布娃娃實在太美了。她緊緊地抱著它，陶醉在自己的世界裡。直到伊麗莎嬸嬸說：「你們看，蘿拉的眼睛瞪得多大呀！」她才發現大家都在看著她。

別的女孩並沒有因為蘿拉多了布娃娃而感到嫉妒，因為蘿拉是她們當中年紀最小的孩子，只比小寶寶凱麗和伊麗莎的小寶寶朵麗大一點點而已。那兩個小寶寶還太小，不僅不會玩布娃娃，甚至連聖誕老人是誰都不知道。她們只會興奮地把手指頭放進嘴裡吸吮，不停扭動身體。

蘿拉抱著布娃娃坐在床沿。她喜歡紅色手套，也喜歡拐杖糖，可是她最喜歡的還是這個娃娃。她替布娃娃取名為「夏綠蒂」。

接下來，孩子們輪流欣賞別人的禮物，並試戴自己的手套。小彼得咬下一大口拐杖糖，但是愛麗絲、艾拉、瑪莉和蘿拉都只是放進嘴裡舔一舔，這樣才可以吃得久一些。

「咦？」彼得叔叔說，「難道沒有人的襪子裡只放了一根藤條嗎？天哪！看來你們都是乖孩子囉？」

孩子們才不相信聖誕老人會送藤條給他們。或許其他孩子會碰上這種事，但是絕對不可能發生在他們身上，因為今年的每一天、每一刻，他們都非常努力地當一個乖孩子。

「彼得，別嚇唬孩子。」伊麗莎嬸嬸說。

「蘿拉，你不讓其他人也抱一抱你的布娃娃嗎？」媽說，她的意思是女孩子不可以太小氣。

於是，蘿拉讓瑪莉、愛麗絲和艾拉抱了一下布娃娃。她們撫摸娃娃漂亮的衣服，又稱讚了它的紅色法蘭絨襪、黑鞋和毛線織成的鬈髮。等布娃娃重新回到蘿拉的懷裡，她才偷偷鬆了一口氣。

爸和彼得叔叔都得到了一雙紅白相間的新手套，那是媽和伊麗莎嬸嬸織的，戴起來一定非常暖和。

伊麗莎嬸嬸送給媽一個塞滿丁香的大蘋果，聞起來好香呀！在蘋果裡塞丁香可以避免腐爛，並保持香甜。

媽做了一個書本形狀的針插送給伊麗莎嬸嬸，她用綢緞裝飾封面，再用柔軟的白色法蘭絨製成可以插針的書頁。法蘭絨可以防止針生鏽。

每個人都非常欣賞爸送給媽的那個美麗置物架，伊麗莎嬸嬸說彼得叔叔以前也為她做了一個，當然，上面雕刻的圖案並不相同。

聖誕老人沒有送禮物給大人們，這並不是因為大人不乖，而是因為他們長大了，必須互相贈送禮物給對方。

接下來，所有的禮物都必須暫時收起來。小彼得堂哥跟著爸和彼得叔叔到屋外，完成每天的例行工作；愛麗絲和艾拉協助伊麗莎嬸嬸整理床鋪，蘿拉和瑪莉則負責在媽準備早餐時，幫忙擺放餐具。

早餐吃薄煎餅，媽替每個孩子做了煎餅人。每個人輪流端著自己的餐盤到爐灶旁，看著媽用一大匙麵糊做出人形，然後迅速地把熱鍋裡的煎餅人翻過來。完成後，她就把熱騰騰的煎餅人放到盤子上。

小彼得馬上就吃掉了煎餅人的頭，愛麗絲、艾拉、瑪莉和蘿拉則是小口小口地慢慢吃。她們先吃手和腳，再吃身體，最後才享用煎餅人的頭。

今天的天氣非常冷，孩子們不能到屋外去玩耍。不過，他們可以欣賞彼此的新手套，還可以品嘗美味的拐杖糖。他們坐在地上，看《聖經》裡的圖畫，以及爸那本大綠皮書裡的動物插圖。這段期間，蘿拉一直把夏綠蒂抱在懷裡。

終於到了吃聖誕大餐的時候啦！愛麗絲、艾拉、小彼得、瑪莉和蘿拉都乖乖地坐在餐桌旁，他們知道小孩子在吃飯時不能說話。況且，他們不需要開口要求添加食物，因為媽和伊麗莎嬸嬸會不斷往他們的盤子裡塞滿美味的料理，讓大家吃個過癮。

「一年就這麼一次聖誕節呀！」伊麗莎嬸嬸說。

他們很早就開始吃聖誕大餐，因為伊麗莎嬸嬸、彼得叔叔和堂哥、堂姐們必須趕長路回家。

「讓馬兒用最快的速度奔馳，」彼得叔叔說，「說不定我們可以在天黑之前回到家。」

一吃完午餐，彼得叔叔和爸就把雪橇套到馬的身上，媽和伊麗莎嬸嬸則忙著替堂哥和堂姐穿衣服。

他們先穿上羊毛襪和鞋子，外面再套上一層厚毛襪，接著戴上手套、穿上連帽外套和披肩，又在脖子圍上圍巾，臉上還蓋著厚厚的羊毛面罩。媽把熱

騰騰的馬鈴薯放進他們的口袋，讓他們的手指保持溫暖。伊麗莎嬸嬸的熨斗放在火爐上烘烤，準備放在雪橇上暖腳。毛毯和牛皮外套也都事先烤得暖烘烘。

最後，彼得叔叔一家都坐進了溫暖又舒適的大雪橇，爸把最後一件毛毯緊緊地蓋在他們身上。

「再見！再見！」他們離開時大聲喊著，馬兒小跑著前進，雪橇上的銅鈴叮噹作響。

沒多久，輕快的鈴聲就消失了，聖誕節也結束了。不過，今年的聖誕節真的好快樂呀！

第四章 兩隻大熊

冬天非常漫長。蘿拉和瑪莉開始厭倦只能待在家裡玩耍的日子了，尤其是星期日，時間過得特別緩慢。

每個星期日，瑪莉和蘿拉從裡到外，都要換上最好的衣服，並且在頭髮繫上漂亮的緞帶。她們都非常乾淨，因為星期六晚上才洗過澡。

夏天，她們用從小溪打回來的水洗澡；冬天，爸會在澡盆裡裝滿乾淨的雪，然後放在爐子上加熱，讓雪融化。接著，爸在溫暖的爐灶旁放兩張椅子，再掛上一件毛毯當作屏風，這樣就形成一間簡單的浴室了。媽會在屏風後替蘿拉洗澡，接著再幫瑪莉洗。

每個星期六晚上，蘿拉必須在洗完澡、換上乾淨的睡袍後，早早抱著夏綠蒂上床，因為爸要把澡盆裡的水倒掉，重新用乾淨的雪燒洗澡水給瑪莉。等瑪莉上

床後，就輪到媽洗澡，最後才是爸。他們每個人都洗得乾乾淨淨，等待星期日的到來。

每到星期日，蘿拉和瑪莉在玩耍的時候不能奔跑，也不能大叫。瑪莉不能縫製百衲被，蘿拉也不能替小寶寶凱麗織手套。她們只能靜靜地看著紙娃娃，卻無法幫它們做新衣服。除此之外，她們也不可以縫補布娃娃的衣裳，甚至連針線都不能使用。

她們必須安靜地坐著，聽媽念《聖經》上的故事，以及爸那本綠皮書裡關於獅子、老虎和白熊的故事。她們可以欣賞圖畫，也可以和布娃娃說話，但是除此之外，什麼也不能做。

某個星期日的晚餐過後，蘿拉再也受不了啦！她先是和傑克玩起來，然後又到處跑來跑去、大聲叫嚷。爸要她安靜地坐在椅子上，結果蘿拉一坐下後就開始哭了起來，還不停用腳後跟踢椅子。

「我討厭星期日！」她說。

爸放下手中的書，嚴肅地說：「蘿拉，你過來。」

蘿拉慢吞吞地走過去，因為她知道自己一定會挨打。沒想到，當她走到爸的身邊時，爸只是靜靜地看了她一會兒，然後把她抱到膝蓋上，緊緊地摟住她。接著，他又伸出另一隻手去抱瑪莉，然後說：「我來說一個爺爺小時候的故事給你們聽吧！

「當爺爺還是個小男孩時，星期日並不像現在一樣，是從星期日早晨開始，而是從星期六太陽下山後就開始了。時間一到，所有人都必須放下手邊的工作，也不能玩遊戲。

「晚餐的氣氛莊嚴肅穆，飯後，爺爺的父親會朗誦《聖經》裡的其中一個章節，並要大家端正地坐在椅子上，聚精會神地傾聽。接著，所有人跟著父親跪下來，聽他唸一段很長的禱告詞，直到他說出『阿門』以後，大家才能站起來，手持蠟燭，走進臥房就寢。在這段期間，他們不能嬉鬧，不能開懷大笑，甚至連說話也不被允許。

「星期日早上，他們的早餐是冷的，因為這一天不能生火煮飯。接下來，他們換上最好的衣服，步行到教堂做禮拜。為什麼不搭乘馬車前往呢？因為馬在星期日也不能工作。

「他們必須慢慢地往前走，眼睛筆直地看著前方，絕不能左顧右盼或交談，甚至連微笑也不行。爺爺和他的兩個哥哥走在前面，他們的父母走在後面。

「在教堂裡，爺爺和他的哥哥必須規規矩矩地坐上兩個鐘頭，聽牧師布道。他們坐在硬邦邦的板凳上，既不敢扭動身體或擺動雙腿，也不敢轉頭去看教堂的窗戶、牆壁或天花板。他們必須一動也不動地坐在那裡，一刻也不能把眼睛從牧師的身上移開。

「禮拜結束後，他們慢慢地走回家。回去的路上可以交談，但不能大聲喧譁或嬉鬧。回到家後，他們吃前一天煮好的冷午餐，接著坐在長椅上閱讀教義問答集，直到太陽下山、星期日完全結束為止。

「爺爺的家位於半山腰的一個陡坡上。從山頂通往山腳的路，正好經過爺爺的家門前。冬天，這裡是最適合滑雪橇的地方。

「有一次，爺爺和他的兩個哥哥詹姆士和喬治，花了一個星期的時間製作一輛新雪橇。這是他們做過最棒的雪橇，而且大得足以容納他們三人。他們希望能夠在星期六下午以前完成，因為每個星期六下午，他們有兩、三個鐘頭的遊戲時間，這樣他們就可以乘著雪橇滑下山坡。

「但是那個星期，爺爺的父親都忙著到大森林裡砍伐樹木，並且要三個兒子一起來幫忙。天一亮，他們便提著燈籠在樹林裡工作，直到太陽下山。回家後，還得完成各式各樣的雜務。吃過晚飯後，他們必須立刻上床就寢，以免隔天早上起不來。因此，星期六以前，他們都沒有時間製作雪橇。到了星期六下午，他們用最快的速度趕工，可是直到太陽下山後，他們才終於完成。

「日落後，他們就不能滑雪橇了，哪怕一次也不行，否則就違反了安息日的規定。他們只好垂頭喪氣地把雪橇放到庫房，等待星期日過去。

「第二天，他們在教堂裡坐了兩個小時，雙腿不敢晃動，眼睛緊盯著牧師，心裡想的卻是新雪橇。接下來，無論是吃午餐，還是坐在板凳上閱讀教義問答集時，他們腦海裡浮現的淨是雪橇。

「那天的天氣十分晴朗，道路上的雪平順光滑，在太陽的照耀下閃閃發光。三個男孩從窗戶望出去，心想今天真是個適合滑雪的好日子啊！他們讀著教義問答集，心裡想著新雪橇，星期日彷彿永遠也不會結束。

「過了好長一段時間，他們聽見了一陣鼾聲。三人抬頭一看，發現父親的頭靠在椅背上，沉沉地睡著了。

「詹姆士向喬治使了個眼色，然後從板凳上站起來，躡手躡腳地從後門溜了出去。喬治對爺爺眨了眨眼，也偷偷地跟著走出去。爺爺望向他的父親，雖然他心裡很害怕，但還是跟在喬治的身後離開了。

「他們搬出新雪橇，悄悄爬上山頂。他們打算只滑一次，就把雪橇放回去，然後在父親醒來前，偷偷溜回板凳上坐好，繼續讀教義問答集。

「詹姆士坐在大雪橇的最前面，接著是喬治，然後是爺爺，因為他的年紀最小。雪橇開始滑動了，起初速度很慢，接著愈來愈快，然後飛也似地衝下長長的斜坡。三個男孩不敢叫出聲，生怕吵醒了他們的父親。

「這個時候，大地一片寂靜，只有雪橇摩擦雪地的聲音，以及風呼嘯而過的聲響。就在雪橇衝過房子前面時，一頭大野豬突然從森林裡鑽出來，並且在路中央停住了腳步。

「雪橇的速度太快了，根本煞不住，也來不及轉彎，因此直直地衝向野豬，把牠給挑了起來。豬尖叫了一聲，摔在詹姆士身上，接著沿路發出淒厲又刺耳的慘叫聲。他們迅速地滑過家門前，大野豬坐在最前面，接著是詹姆士，然後是喬治，最後是爺爺。他們看見父親站在門口瞪著他們，但是他們無法停下來，也無處可躲，只能就這樣衝下山坡。

「到了山腳下，雪橇終於停住了。大野豬立刻從詹姆士的身上跳下來，一邊尖叫，一邊逃進森林裡。

「三個孩子表情凝重地爬上山坡，把雪橇放好，然後溜進屋子裡，靜靜地坐回板凳上。他們的父親正在讀《聖經》，他抬頭瞥了三人一眼，一句話也沒說。接著，他繼續翻閱《聖經》，三個男孩則膽戰心驚地繼續讀教義問答集。

等到太陽下山、安息日結束之後，他們的父親把他們帶到庫房裡，狠狠地修理了一頓。

「所以，蘿拉、瑪莉，」爸說，「你們也許覺得做個乖孩子很不容易，但是你們應

該慶幸，現在要當個乖孩子，已經不像以前那麼辛苦了。」

「那時候的小女孩也必須遵守那麼多的規矩嗎？」蘿拉問。

媽回答：「小女孩要遵守的規矩更多呢！不只是星期日，她們隨時隨地都要保持端莊的儀態，絕不能像男孩一樣乘著雪橇滑下山坡。女孩子必須乖乖地待在家，學習刺繡或縫衣裳。」

「好了，現在和媽一起上床睡覺吧。」爸說完，從琴盒裡取出小提琴。

蘿拉和瑪莉躺在滾輪小床上，聽著屬於星期日的音樂。在星期日，爸也不能演奏平日的曲子。

蘿拉的意識隨著音樂飄蕩，迷迷糊糊地睡去，不知道過了多久，她聽見餐具碰撞的聲音，原來媽已經在爐灶旁準備早餐了。今天是星期一，令人討厭的星期日還要再過六天才會回來。

那天早上，爸從森林裡回來吃早餐的時候，一把抓住蘿拉，說要好好打打她的屁股。他說，因為今天是蘿拉的生日，如果不打屁股，她就沒辦法平安長大。接著，他輕輕地打了她的屁股，一點也不痛。

「一──二──三──四──五──六！」他一邊數，一邊慢慢地打。每一下代表一歲，最後一下要用力打，這樣蘿拉才會快快長大。

爸做了一個木頭人送給蘿拉，讓它和夏綠蒂作伴；媽送給蘿拉五個小蛋糕，每塊蛋糕代表蘿拉和爸媽一起度過的年頭；瑪莉送給她一件夏綠蒂的衣裳，那是她親手做的。瑪莉在縫製這件衣服時，蘿拉一直以為她在縫百衲被呢！

不久後的某一天，爸說春天就要來了。大森林裡的積雪開始融化，雪水從樹枝上滴落，在雪地上穿出許多小洞。中午的時候，屋簷下的冰柱在太陽的照射下，閃爍著耀眼的光芒，尖端處的冰融化成水珠，顫抖著落到地面。

爸說他必須到城裡一趟，把從野生動物身上割下來的毛皮拿去賣掉。一天傍晚，他把毛皮綁成一大捆。毛皮實在太多了，即使緊緊地捆紮起來，體積也幾乎和爸差不多。

隔天清晨，爸就把那一大捆毛皮扛在肩上，步行到城裡去了。由於毛皮又重又大，因此爸沒辦法帶槍出門。媽很擔心，但爸說只要他在日出前出發，加緊腳步趕路，應該能夠在天黑前回到家。

小木屋離城鎮非常遙遠。蘿拉和瑪莉從來沒去過城鎮，也沒見過商店和櫛比鱗次的房子。不過，她們知道城裡有許多房屋，還有裝滿糖果、布匹、火藥、子彈、鹽巴和糖的商店。

她們知道，爸會用毛皮向商店老闆換回許多好東西，所以那一整天，她們都期待著爸帶回來的禮物。當太陽落到大樹後方，冰柱的尖端不再滴水的時候，她們更是急切地跑到窗戶旁向外張望。

太陽已經完全下山了，森林變得一片漆黑，可是爸仍然沒有回來。媽煮好晚餐，擺好餐具，爸還是不見蹤影。

媽說她要去擠牛奶，並讓蘿拉提燈籠替她照路。於是蘿拉穿上外套，戴上手套。媽幫她把鈕釦扣好，然後點燃燈籠裡的蠟燭。

蘿拉小心翼翼地提著燈籠，心裡很高興能夠幫媽的忙。她跟在媽的後面，朝通往牛舍的小路走去。燈籠透出來的亮光照在雪地上，像個醉漢似地晃來晃去。這時候的天色並未全黑，被白雪覆蓋的道路反射出銀色的光線。遙遠的天際點綴著幾顆星星，它們散發出來的光芒不比燈籠的溫暖、明亮。

突然，蘿拉和媽驚訝地看著遠處，原來她們發現母牛蘇凱正站在牛舍

的柵欄旁邊。現在才剛入春，還不到讓蘇凱隨意在大森林裡吃草的時候，所以牠應該待在牛舍裡才對。不過，爸偶爾會在天氣暖和的日子，放蘇凱到外面走動。也許今天早上爸把牠放出來了，所以牠現在才會站在那裡等她們。

媽走到門邊，想把柵欄的門推開，但蘇凱擋在那裡，媽只能打開一條小縫。於是媽說：「蘇凱，過去一點！」接著伸出手，拍拍蘇凱的肩膀。

就在這時，燈籠透出來的光線正好照射在柵欄上，蘿拉看到了又長又密的黑毛，以及一對閃閃發亮的小眼睛。可是，蘇凱的身上是細而疏的咖啡色短毛，而且眼睛又大又溫馴。

媽說：「蘿拉，回屋子裡去。」

於是蘿拉轉過身，朝小木屋走去，媽跟在她身後。兩人走了一小段路後，媽猛地抱起蘿拉，拔腿狂奔，一進屋裡，立刻砰地一聲把門關上。

蘿拉問：「媽，那是熊嗎？」

「是的，蘿拉，」媽說，「那是一頭熊。」

蘿拉哭了起來，她抱著媽，啜泣著問：「牠會把蘇凱吃掉嗎？」

「不會，」媽摟著她說，「蘇凱在牛舍裡很安全。你想想看，牛舍的牆壁是用又厚又重的圓木蓋的，非常堅固，所以熊不可能跑進去傷害蘇凱。」

「那熊會不會把我們吃掉？」蘿拉擔心地問。

「不會。」媽說，「蘿拉，你是個乖女孩，剛才完全按照我說的話去做，表現得非常好唷！」

媽的語氣有些顫抖，但她勉強擠出笑容，故作輕鬆地說：「你想想，我剛才還拍了那隻熊的肩膀呢！」

接著，媽把蘿拉和瑪莉的晚餐端出來，要她們先吃。她們吃完晚餐，換好睡袍，躺上小床準備就寢時，爸還是沒有回來。

媽坐在煤油燈旁，縫補爸的一件襯衫。爸不在家，屋子裡顯得冷冷清清，氣氛也很古怪。蘿拉聽著大森林裡的風聲，風圍繞著房子呼嘯，彷彿在漆黑的夜裡迷失方向，聽起來非常嚇人。

媽補好了襯衫，並仔細地把它摺好、撫平上面的皺褶。接著，蘿拉看見媽做了一件她從未做過的事情。她走到門前，把皮製的門栓繩從門上的孔洞拉進來，這樣一來，除非她親自開門，否則任何人都無法進到屋裡。媽走回床邊，抱起熟睡的小寶寶凱麗。

她看到蘿拉和瑪莉都還醒著，便對她們說：「孩子們，快睡吧。別擔心，爸明天早上就會回來了。」

說完，她坐到搖椅上，抱著凱麗輕輕搖晃。她整夜未闔眼，等著爸回來，蘿拉和瑪莉也想這麼做，然而最後還是睡著了。

隔天早上，蘿拉醒來時，爸已經回來了。他為蘿拉和瑪莉帶回了一些糖果，以及兩塊漂亮的印花布，準備用來裁製成她們的新洋裝。瑪莉拿到的布料是白底藍花紋，蘿拉的則是點綴著金棕色小圓點的紅色布匹。媽也得到一塊漂亮的布，底是咖啡色的，上面有著白色羽毛花紋。大家都非常高興，因為爸帶去城裡的毛皮賣了好價錢，他才能帶回這麼棒的禮物。

熊的腳印散落在牛舍周圍，牆上還留有爪子抓過的痕跡。不過，蘇凱和馬匹都平安無事地待在裡面。

今天的天氣特別晴朗，積雪融化得非常快，水珠不停地從冰柱往下流，讓冰柱變得愈來愈細。太陽下山時，雪地上的熊腳印已經變得一片模糊了。

吃過晚飯後，爸把蘿拉和瑪莉抱到膝上，準備告訴她們一個新故事。

「昨天，我背著毛皮進城去時，因為積雪已經融化，路上泥濘不堪，所以花費了比平時更多的時間才抵達目的地。當時，店鋪裡已經擠滿了販售毛皮的人，老闆應接不暇，我只好先在一旁等著。輪到我的時候，我們討論每一張毛皮的價錢，並且挑出我想交換的東西。等到我動身回程時，太陽已經快要下山了。

「我拚命趕路，但鬆軟的雪地非常難走，而且我也已經筋疲力盡，所以天黑時，我只前進了一小段距離。我沒有帶槍，隻身一人在森林裡摸黑前進。還有幾英里的路要走，我不由得加快腳步。天色愈來愈黑，我開始後悔沒有帶槍出門，因為在這個時節，有些熊已經從冬眠中甦醒過來了。早上前往城裡的路上，我就發現了一些熊的腳印。

「每年的這個時候，熊總是飢餓又暴躁。牠們在洞穴裡睡了一整個冬天，什麼東西也沒有吃，所以醒來時又餓又瘦。我可不想遇見這樣的熊。

「我在黑暗中用最快的速度前進，星星不時閃爍著微弱的光芒。樹林裡一片漆黑，但是當我走到空曠的地方時，我能夠隱約看見積雪的道路和兩旁的樹木。一路上，我一直留意周圍的動靜，並仔細傾聽有沒有熊穿過樹叢的聲音。

「不久，我來到一塊空地。忽然間，我看見道路的正中央站著一隻熊。牠用兩條後腿站立，目不轉睛地盯著我看。藉著微弱的星光，我看到了牠那炯炯有神的雙眼和像豬一樣的口鼻，甚至還看到了牠銳利的爪子。

「我的頭皮發麻，身上的寒毛全都豎了起來。我停下腳步，站在那裡一動也不動。那隻熊也沒有移動身子，只是站在那裡注視著我。我知道不能從牠身邊繞過去，那樣牠會跟著我走進漆黑的森林。熊的視力在黑暗中比人類還要好，我可不想在這種情況下與牠搏鬥。噢，我真希望我有帶槍！

「無論如何，我都得越過這隻熊才能回家。那時，我覺得如果我嚇嚇牠，說不定牠就會離開，讓我順利通過。於是我深吸了一口氣，用盡全部的力氣大吼了一聲，同時揮舞著雙臂朝牠衝過去。可是，牠居然一動也不動。我在離牠幾步之遙的地方停下來，牠仍然站在那裡看著我。我再次對牠大吼大叫，可是牠依舊文風不動。

「這種時候，逃跑絕對不是最安全的選擇。森林裡還有其他隻熊，我隨時都有可能遇見牠的同類。況且我想快一點回到家，要是我碰到害怕的事物就落荒而逃，我就永遠也回不了家了。

「最後，我環顧四周，發現地上有一根木棍，於是撿了起來。那是被冬天的積雪壓斷的樹枝，既沉重又結實。我高舉木棍，直直朝那隻熊跑過去，然後使盡吃奶的力氣，把手裡的棍棒劈向牠的腦袋，結果牠依然一動也不動地站在那裡，原來那只是個又大又黑的樹樁！

「其實，我昨天早上進城的時候，就已經見過它了。可是，因為我回來時，一味擔心會遇到熊，才會誤以為它是熊。」

「它真的不是熊嗎？」瑪莉問。

「沒錯，瑪莉，那真的不是熊。沒想到我費盡心思想要嚇跑的東西，居然只是一根大樹樁！」

「我們遇到了真的熊喔！」蘿拉說，「不過，我們並沒有被嚇到，因為我們以為牠是蘇凱。」

爸沒說話，只是緊緊地抱住蘿拉。

「那隻熊可能會把我和媽吃掉！」蘿拉一邊說，一邊往爸的懷裡鑽，「媽走過去拍了牠的肩膀，可是牠居然毫無反應，為什麼呢？」

「蘿拉，我猜牠可能是嚇到了。」爸說，「我想，牠應該是被燈籠的光線嚇傻了。而且媽還走過去拍牠的肩膀，牠就知道媽一點也不怕牠。」

「嗯！您也很勇敢呀！」蘿拉說，「如果那根樹樁真的是一頭熊，您也會用木棍打牠的頭，對不對？」

「沒錯。」爸說，「我會那麼做。你知道，我當時別無選擇。」

後來，媽說睡覺時間到了。她幫蘿拉和瑪莉脫下衣服，並換上紅色法蘭絨睡袍。媽親了親她們，替她們蓋好棉被。兩個小女孩躺在床上，看著媽整齊柔順的秀髮，以及在燈光下忙著縫補衣服的雙手。她將針穿過布料，再把線拉回來，仔細地縫著爸用毛皮換回來的印花布。

蘿拉轉過頭看向爸，發現他正在替靴子上油。他的茶褐色頭髮和絡腮鬍在燈光下閃閃發亮，格紋外套的顏色也顯得特別亮麗。他一邊上鞋油，一邊愉快地吹著口哨，後來索性唱起歌來。

這是個溫馨的夜晚。壁爐裡的火焰逐漸熄滅，最後變成了發燙的煤炭，但是爸沒有添加柴薪。小木屋外的大森林裡，到處都是雪水滴落的聲音。屋簷上的冰柱也逐漸融化，水珠滴滴答答地落下。

再過不久，樹枝上就會長出玫瑰色、黃色和淡綠色的嫩芽，樹林裡也會充滿盛開的野花和歌聲婉轉的鳥兒。到了那個時候，爸就不會在爐火旁說故事了，但是蘿拉和瑪莉可以整天待在森林裡玩耍，因為春天要到了。

第五章　爺爺家的舞會

接連幾天都是晴朗的日子，天氣逐漸變得暖和。早晨的窗戶不再結霜，屋簷上的冰柱接二連三地墜落，發出輕微的撞擊聲。樹木搖動著潮濕的黑樹枝，甩落一團一團的雪塊。

瑪莉和蘿拉把鼻子貼在冰冷的玻璃窗上，可以清楚地看見從屋簷流下來的水滴，以及光禿禿的樹枝。地面上的雪不再閃閃發光，變得軟綿綿又灰撲撲的。路旁的雪堆也不斷融化、逐漸縮小。

有一天，蘿拉發現，院子裡有一小塊地面露出來了。接下來的幾天，露出來的面積愈來愈大，後來整個庭院都變成了泥地，只剩下小路、籬笆和木柴旁的雪堆還未融化。

「媽，我們可以到外面玩嗎？」蘿拉問。

「蘿拉，你應該說：『請問我們可以到外面玩嗎？』」媽回答。

「請問我們可以到外面玩嗎？」蘿拉又問。

「明天就可以出去了。」媽允諾。

那天晚上，蘿拉在半夜醒來，冷得渾身發抖。她覺得蓋在身上的棉被好薄，鼻子凍得冷冰冰。媽連忙替她蓋上另一條棉被。

隔天早上，蘿拉在火爐散發出來的溫暖氛圍中醒來，她走到窗邊一看，發現地上鋪滿了一層又厚又軟的雪。樹枝上的雪彷彿羽毛一樣堆疊起來，籬笆上也覆蓋著滿滿的白雪，就連門柱旁也聚集了許多又大又白的雪球。

爸走進屋內，他先拂去肩上的雪花，再用力抖落靴子上的殘雪。

「下糖雪啦！」爸說。

蘿拉趕緊伸出舌頭，舔了舔爸袖口上的白雪，但融化後的雪水味道極淡，一點也不甜，嘗起來和其他的雪沒什麼不同。幸好沒有人看見她舔了雪。

「爸，為什麼您說這是糖雪？」她問爸，但爸說他現在沒時間解釋，因為他得馬上趕到爺爺家去。

爺爺住在大森林更深處，那裡的樹木更密、更高大。

蘿拉站在窗前，目送著爸離去。他肩上背著槍，腰上掛著斧頭和裝火藥的牛角，腳上的長靴在鬆軟的雪地上留下深深的腳印。蘿拉一直看著他，直到他的身影消失在森林裡。

那天晚上，爸很晚才回到家。當他進屋時，媽已經點亮了煤油燈。爸一手拿著一個大包裹，一手提著一個加蓋的大木桶。

「喏，卡洛琳。」爸把包裹和桶子交給媽，然後把槍放回門板上的掛鉤。

媽打開包裹，裡面有兩塊牛奶罐般大的咖啡色硬餅。她掀開木桶的蓋子，裡頭裝滿了深褐色的糖漿。

「蘿拉、瑪莉，你們過來。」爸說著，從口袋裡掏出兩個圓圓的小包裹，遞給她們每人一個。

兩人拆開包裝紙，裡面是一小塊邊緣呈鋸齒狀的咖啡色硬餅。

「咬一口看看。」爸說，他的藍眼睛裡洋溢著笑意。

她們都咬了一口鋸齒狀的邊緣，硬餅吃起來甜甜的，而且入口即化，味道比聖誕節的糖果還要棒。

「這是楓糖片。」爸說。

晚餐已經準備好了，蘿拉和瑪莉把楓糖片擺在餐盤旁邊，津津有味地享用抹了楓糖漿的麵包。吃過晚飯後，爸坐在火爐旁，把蘿拉和瑪莉抱上膝蓋，告訴她們今天在爺爺家的情況，以及什麼是糖雪。

「整個冬天，」爸說，「爺爺都在製作木桶和導管。他用雪松和白蠟樹作為材料，因為這兩種樹做成的木桶，不會破壞楓糖的味道。

「做導管時，爺爺會先砍下一截木棍，長度和我的手掌一樣長，寬度和我的兩根手指一樣粗。他把木棍的一端剖半，並除去上半部；另一端則維持原來的形狀。接著，他從木棍的一端鑽洞，然後用小刀修整，讓它的內部呈現中空狀。最後，再用小刀把上半部除去的那端，刻出半圓形的溝槽。

「他做了幾十個這樣的導管和大木桶。當天氣暖和、樹液開始在樹幹裡流動時，他就到楓樹林去，用鑽子在楓樹幹上鑽洞，然後把導管用槌子敲進去，留下上半部除去的那端在外頭，下面放著用來盛裝樹液的木桶。

「你們知道嗎？樹液就是樹的血液，在天氣變溫暖時，樹液會從樹的根部往上爬，流到每一根樹枝的尖端，供給綠葉生長所需的養分。當樹液經過爺爺在樹幹上鑽出的小洞時，就會從洞裡流出來，流進導管，最後落到木桶裡。」

「噢，可憐的樹不會痛嗎？」蘿拉問。

「不會太痛，就和你被針扎到的感覺一樣。」爸說。

「爺爺每天都穿著長筒靴和溫暖的外套，戴著皮帽，到覆滿白雪的森林裡蒐集樹液。他用雪橇載著一個大木桶，在樹林間穿梭，把每一桶樹液都倒進大木桶裡。接著，他把大木桶拉到一個大鐵鍋旁。那個鐵鍋用鐵鍊繫著，懸掛在一根橫跨兩棵樹之間的木頭上。

「他把樹液倒進鐵鍋。鍋子底下生了熊熊大火，爺爺就在一旁仔細地觀察火勢。火必須夠大，才能把樹液煮滾，但又不能太旺，免得燒焦。每隔幾分鐘，爺爺就得用菩提樹製成的長柄大木勺，撈出漂浮在樹液表面上的泡沫。當樹液太過滾燙時，爺爺就會舀起一勺勺的樹液，高舉到空中，再慢慢倒回去，讓樹液稍微降溫，不要滾得太快。

「樹液經過熬煮、達到一定濃度時，就是楓糖漿。他把楓糖漿舀進木桶裡，接著繼續煮剩下的糖漿。當糖漿開始凝結成顆粒時，爺爺就會立刻把火苗熄滅，然後以最快的速度把濃稠的糖漿舀進事先準備好的牛奶罐裡。糖漿在罐子裡逐漸冷卻、變硬，成為咖啡色的楓糖片。」

「原來這場雪叫做『糖雪』，是因為爺爺在製作楓糖？」蘿拉問。

「不是的。」爸說，「我們之所以把它叫做糖雪，是因為這個時候下的雪，可以讓人製作更多楓糖。氣溫轉冷或下雪，都可以讓樹木延緩萌芽，如此一來，樹液在樹幹裡流動的時間也會加長。樹液流得愈久，爺爺做的糖就愈多，分量足夠一年使用。他帶毛皮到城裡做交易時，就不需要換太多糖，只需要換一點點，用來招待客人就行了。」

「爺爺一定很高興下了糖雪。」蘿拉說。

「沒錯！」爸說，「而且他下星期一還要製糖，叫我們一定要去。」

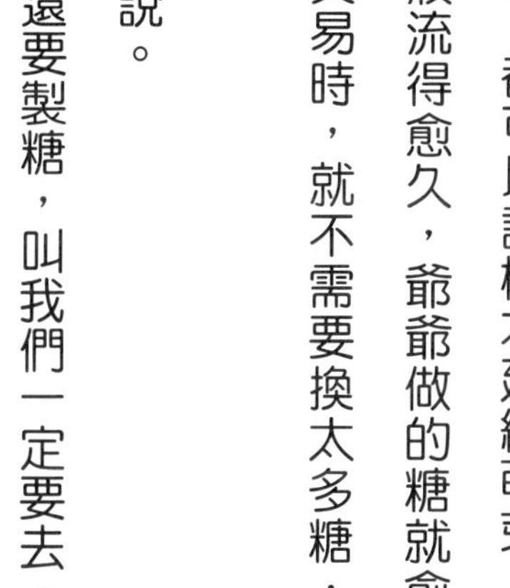

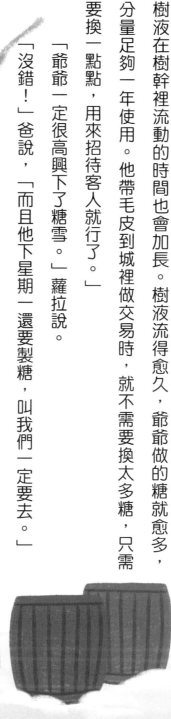

爸眨了眨藍眼睛，然後對媽說：「卡洛琳，那天還會舉行舞會喔！」

媽莞爾一笑，臉上帶著愉快的神情。她暫時放下手邊正在縫補的衣服，說：「噢，查爾斯！」

接著，她又重新拿起針線，繼續縫補衣物，並微笑著說：「我要穿那件綠色印花洋裝去參加。」

媽的那件洋裝很美，深綠色的裙子上點綴著許多紅色的小花，看起來像極了一顆顆美味的草莓。那件衣服是東部的裁縫師做的，媽是東部人，和爸結婚後，才搬到西部威斯康辛州的大森林裡。婚前，媽的穿著十分時髦，身上的衣服都由裁縫師量身訂做。

媽把那件綠色印花洋裝用紙包好，小心翼翼地收藏起來。蘿拉和瑪莉從來沒見過媽穿那件洋裝，但是媽曾讓她們倆看過一次。她讓她們摸摸洋裝上的深紅色鈕釦，還讓她們欣賞裙子裡那些用上百針十字繡縫上去的鯨鬚。

媽打算穿那件漂亮的衣裳出席，可見這場舞會非常重要。蘿拉和瑪莉非常興奮，她們坐在爸的膝蓋上，不停詢問有關舞會的事情，直到爸說：「睡覺時間到了！到時候，你們就知道了。現在，我得替小提琴換上新琴弦。」

兩個小女孩把沾滿糖漿的手指和嘴唇洗乾淨，換上睡袍，然後舒舒服服地躺在小床上，不一會兒，就進入了甜甜的夢鄉。

星期一早上，所有人都起了個大早，準備趕往爺爺家。爸想要早點抵達，好幫爺爺收集樹液和煮楓糖漿；媽要幫奶奶和兩位姑姑準備餐點，招待所有前來參加的賓客。

蘿拉一家人藉著煤油燈吃早餐、洗餐盤和整理床鋪。爸小心翼翼地把小提琴放進琴盒裡，再將盒子放到停在門口的大雪橇上。

清晨的森林非常寒冷，天色灰濛濛一片。蘿拉、瑪莉、媽和小寶寶凱麗坐在鋪滿乾草的雪橇上，身體緊緊裹著溫暖又舒適的毛毯。

馬兒晃了晃腦袋，昂首闊步地往前進，雪橇上的鈴鐺發出一陣歡快的聲音。接著，雪橇滑入通往大森林的小徑，朝爺爺家駛去。地上的雪又濕又滑，雪橇像箭一般向前飛去，兩旁的大樹不斷往後退。

過了一會兒，陽光照進森林裡，空氣中閃爍著點點亮光，金黃色的光線從每棵樹幹的縫隙間穿透，將黝黑的樹身拉成一道道細長的影子，地上的積雪則映照出淡淡的粉紅色。

雪橇鈴一路叮噹作響，感覺似乎沒有多久，他們便抵達了爺爺家。奶奶站在門口，微笑著招呼他們進屋去。

奶奶說，爺爺和喬治叔叔已經到楓樹林裡工作了，爸一聽，連忙趕去幫忙。蘿拉、瑪莉和抱著凱麗的媽走進屋裡，脫下身上的外套和帽子。

蘿拉很喜歡奶奶的房子，這棟木屋比蘿拉家大多了。屋裡有一個大房間、一個屬於喬治叔叔的小房間，還有一個杜希亞姑姑和露比姑姑共用的房間。另外，房子裡還有廚房，裡面砌著一座大爐灶。

在大房間裡跑來跑去，真是好玩極了！她們可以從房間一端的大壁爐，一路跑到另一頭窗戶下的大床。房子的地板鋪著爺爺用斧頭劈出的厚實寬木板，整片地板都被擦拭得非常光潔。窗戶旁的大床上鋪著羽絨被，摸起來十分柔軟。

蘿拉和瑪莉在大房間裡玩耍，媽在廚房裡幫奶奶和兩位姑姑，這一天過得飛快，一轉眼就到了中午。家裡的男人都帶著午餐到楓樹林工作，所以她們沒有特別準備餐點，只吃了冷鹿肉三明治和牛奶。不過，奶奶特別為晚餐做了玉米粥。她站在爐灶前，把黃色的玉米粉撒進一鍋摻了鹽的熱水裡，然後用大木勺不停攪拌，直到那鍋湯變成濃稠的玉米糊為止。接著，她把鍋子移到爐火後方，繼續用小火煨煮。

屋裡到處瀰漫著香氣：廚房裡的甜味與辛香味，壁爐裡燃燒山胡桃木的好聞氣味，以及桌上的丁香散發出來的香味。陽光從亮晶晶的玻璃窗照射進來，讓屋裡的東西看起來都閃閃發光。

爸和爺爺從森林裡回來時，正好是晚餐時間。他們的肩上都挑著一個爺爺做的扁擔，它被削成彎曲的形狀，與後頸和肩膀的弧度恰好吻合。扁擔的兩端各繫著一條帶鉤的鐵鍊，鉤子上掛著裝滿熱楓糖漿的木桶。

奶奶騰出爐子，放上一個大銅鍋，爸和爺爺把熱糖漿往裡面倒。那個鍋子非常大，整整容納四大桶的楓糖漿。後來，喬治叔叔又提著一小桶糖漿回來。晚餐時，大家都吃了熱騰騰的玉米粥配楓糖漿。

喬治叔叔過去曾在軍中服役，他穿著鑲有銅釦的軍裝，一雙藍眼睛裡透露出堅定與勇敢。他又高又壯，走路時總是昂首闊步。

蘿拉吃玉米粥時，一直偷偷瞄著喬治叔叔，因為她曾聽爸告訴媽說，喬治叔叔的舉止很粗野。

「喬治從戰場上回來後，人變得粗野多了。」爸一邊說，一

邊搖頭，似乎覺得很難過，卻又無可奈何。喬治叔叔在十四歲時入伍，成為軍隊裡的小鼓手。

蘿拉從來沒見過粗野的男人，她不知道自己怕不怕喬治叔叔。

晚飯過後，喬治叔叔到院子裡吹軍號。軍號聲響徹雲霄，樂音飄過圍籬，朝大森林散去。樹林黑暗又寂靜，樹木靜靜地站著，彷彿正在仔細聆聽。接著，那聲音從遠方傳了回來，雖然微弱卻很清晰，聽起來像是有另一把軍號在回應喬治叔叔吹出來的聲音。

「你聽，」喬治叔叔說，「音樂很棒，對不對？」

蘿拉一語不發地看著他，然後跑進了屋子裡。

媽和奶奶已經收拾好餐桌、洗淨碗盤，並將爐灶打掃得一塵不染。這個時候，杜希亞姑姑和露比姑姑正在房間裡梳妝打扮。蘿拉坐在兩位姑姑的床上，看她們仔細梳理漂亮的秀髮。她們先把頭髮從中間分成兩邊，再編成兩條髮辮，最後把辮子盤到頭上，挽成髮髻。

接著，兩位姑姑走到廚房，用肥皂把手和臉洗乾淨。隨後，她們穿上美麗的白長襪，那是她們用上好的棉線編織而成，上面還有鏤空的花邊。她們套上最好的鞋子、扣上鞋釦，並替對方穿上緊身束衣。杜希亞姑姑先用力拉緊露比姑姑的束衣繩，接著換她抱著床柱，讓露比姑姑替她拉緊繩子。

「拉，露比，再拉！」杜希亞姑姑喘著氣說。於是，露比姑姑站穩腳步，更加賣力地拉。杜希亞姑姑不斷用雙手測量自己的腰圍，最後氣喘吁吁地說：「好吧！我想這已經是極限了。」

緊接著，她又說：「卡洛琳曾和我說過，她結婚那天，查爾斯能用兩個手掌環住她的腰呢！」

卡洛琳就是蘿拉的媽，聽到姑姑這麼說，蘿拉心裡很得意。

接下來，露比姑姑和杜希亞姑姑穿上法蘭絨襯裙，外面套上一件素面襯裙，然後穿上裙襬綴有花邊的白襯裙，最後再套上美麗的洋裝。杜希亞姑姑的裙子是用深藍色的印花布做的，上面有許多紅花和綠葉的圖案。緊身上衣前面釘了一排黑色鈕釦，看起來好像美味多汁的大黑莓，讓蘿拉好想嘗一口；露比姑姑穿著酒紅色的印花洋裝，布料上散布著淡紅色的羽毛花紋。上衣的鈕釦是金色的，每顆鈕釦上都雕了一座城堡和一棵樹。

杜希亞姑姑漂亮的白色衣領上，別著一支又大又圓的寶石別針；露比姑姑的領口上也別了一朵封蠟做的紅玫瑰，那是她用一根壞掉的縫衣針做出來的，那根針已經不能用來縫製衣服了。

兩位姑姑走動時，圓形的大裙襬會平順地滑過地板，看起來非常優雅。她們的腰被緊緊束起，臉頰紅通通，一雙大眼閃閃發亮。

媽也很漂亮，她穿著深綠色的印花洋裝，衣服上點綴著像草莓般的小葉子，裙襬打了細褶，上面還鑲有深綠色的蝴蝶結。她在領口上別了一個扁平的金色別針，上面布滿細緻的圖案，邊緣呈波浪狀。媽看起來是那麼地高貴，蘿拉甚至不敢用手去摸她呢！

客人們陸續抵達，有的提著燈籠，步行穿過積雪的森林；有的則搭乘雪橇或馬車，因此門外一直傳來雪橇鈴的聲音。

大房間裡擠滿了長筒靴和晃來晃去的裙襬，奶奶的床上排列著許多個嬰兒。詹姆士伯伯和莉碧伯母把他們的女兒帶來了，她的名字也叫做「蘿拉」。兩個蘿拉靠在床邊，看著那些小寶寶，另一個蘿拉說，她家的小寶寶比凱麗漂亮。

「才不呢！」蘿拉說，「凱麗是世界上最漂亮的小嬰兒！」

「不，她才不是！」另一個蘿拉說。

「是，她就是！」

「不，她才不是！」

就在這時，媽穿著漂亮的禮服走過來，嚴厲地說：「蘿拉！」

兩個女孩這才乖乖閉上了嘴巴。

喬治叔叔又吹起了軍號，清脆嘹亮的樂聲在大房間裡迴盪。他一邊吹奏，一邊說笑話，還開心地跳起舞來。接著，爸從盒子裡拿出小提琴開始演奏，大家立刻排成整齊的四方形，跟著音樂翩翩起舞。

「向右轉，然後向左轉！」爸大聲指示著。

於是，所有的裙子都開始旋轉，每一雙靴子也都用力地踏著地板。他們轉了一圈又一圈，每件裙子都轉向這一邊，每雙靴子都踏向另一邊，大家緊握彼此的手，高舉到空中，然後又鬆了開來。

「讓舞伴旋轉一圈！」爸說，「請每位紳士向左邊的女士鞠躬。」

大夥兒都照著爸的口令去做。蘿拉看到媽的裙子旋轉了起來，她彎了彎纖細的腰，低著頭和舞伴敬禮。蘿拉覺得媽是世界上最美麗的舞者。

奶奶獨自待在廚房裡，攪拌大銅鍋裡的糖漿，同時隨著音樂的節拍忽快忽慢地擺動身體。後門旁放著一桶乾淨的白雪，每隔一陣子，奶奶就會從鍋裡舀一匙糖漿，淋在裝滿雪的盤子上。

現在，爸正在演奏一首輕快的曲子。蘿拉的雙腳不自覺地跟著晃動，喬治叔叔看到後，忍不住笑了起來。接著，他握住她的小手，在角落跳起簡單的舞步。蘿拉覺得，自己開始喜歡喬治叔叔了。

廚房的木門旁擠了一些人，他們想把奶奶從廚房裡拉出來。奶奶身上的衣服也很漂亮，她穿著深藍色的印花洋裝，上面點綴著秋天的紅葉。她不但笑得臉頰泛紅，還不停揮舞著手中的木勺，說：「我不能丟下糖漿不管呀！」

這時，爸奏起了《阿肯色的旅人》，所有人都隨著音樂拍手。奶奶只好向眾人鞠躬，獨自跳了一小段舞步。她的舞姿不比在場的其他人遜色，大家的掌聲幾乎蓋過了小提琴的旋律。

突然，喬治叔叔將一隻手擺到身後，向奶奶深深鞠了個躬，開始跳起了吉格舞。奶奶把木勺遞給別人，兩手插腰，面對著喬治叔叔。每個人都興奮地高聲鼓譟，接著，奶奶也跳起了吉格舞！

蘿拉跟著音樂，和大家一起拍手。小提琴拉奏出比以往更加動聽的旋律。奶奶的雙眼閃爍著光芒、雙頰緋紅，鞋跟在裙襬下快速地敲著地面，就和喬治叔叔用靴子踩踏地板的速度一樣快。

每個人都興奮不已。喬治叔叔賣力地跳著舞，奶奶也未曾停下舞步，小提琴依然持續地演奏著。過了一會兒，喬治叔叔的呼吸變得急促，額頭也滲出汗水，奶奶則面不改色地繼續舞動身體。

「喬治，你贏不了她的！」有人大喊。

喬治叔叔跳得更快了，速度比先前快了一倍，奶奶也不甘示弱地跟上去。所有人大聲歡呼，女人們笑著拍手，男人們取笑著喬治叔叔。不過，此時的喬治叔叔大口喘著氣，根本無暇理會大家的嘲笑。爸的藍眼睛閃閃發亮，他注視著喬治叔叔和奶奶，手上的琴弓在琴弦上飛舞。蘿拉被歡樂的氣氛感染，高興地跳上跳下，同時用力地拍著小手。

奶奶繼續跳著舞，她把雙手插在腰際，高高地揚起下巴，臉上滿是笑容。喬治叔叔也持續踩著舞步，但是鞋跟踩踏地板的聲音已不像剛才那樣響亮，豆大的汗珠從他的前額滑落到臉頰旁。

過了一會兒，喬治叔叔突然舉起雙手，喘著氣大喊：「我認輸！」然後就停下了腳步。

所有人都激動地拍手叫好，為奶奶喝采。奶奶又繼續跳了一會兒才停下來，她喘著氣大笑，模樣和爸笑起來時一模一樣。喬治叔叔也笑了起來，並用衣袖擦拭額頭上的汗水。

就在這時，奶奶的笑容僵住了，她像是想起什麼似地轉身跑進廚房。原本正在演奏的樂音戛然而止，所有人也都紛紛安靜下來，大房間頓時鴉雀無聲。不久之後，奶奶從廚房探出頭，說：「楓糖漿做好了，大家快來吃吧！」

大家聽到後都鬆了一口氣，又開始談天說笑。他們走進廚房拿餐盤，再到屋外盛雪。廚房的門一打開，冷風立刻灌了進來。屋外寒氣逼人，冰冷的空氣凍疼了蘿拉的臉頰和鼻子。她和另一個蘿拉以及其他孩子，都用盤子挖了一盤乾淨的雪，然後走回擁擠的廚房。

奶奶站在黃銅鍋前，用木勺把滾燙的糖漿淋在每一個盛了雪的盤子上。糖漿冷卻後變成了軟軟的糖塊，大家立刻吃了起來。他們可以盡情地吃，因為楓糖吃多了也不會傷害身體。

等吃膩軟糖塊之後，他們便吃起了長桌上的南瓜派、乾莓派、餅乾和蛋糕。桌上還有麵包、白切豬肉和醃黃瓜。噢，醃黃瓜好酸呀！

大家一直吃到肚子再也塞不下食物，才又回到舞池繼續跳舞。不過，奶奶仍然留在大銅鍋前，守著鍋裡的糖漿。她一次又一次地舀出糖漿，然後放到碟子上攪拌，但她總是搖搖頭，又把糖漿倒回鍋裡。

過了一會兒，奶奶又把糖漿倒進碟子裡攪拌，這一次，糖漿終於變成一顆顆像沙子般的顆粒了。她高興地大喊：「女孩們，快來！糖漿結成顆粒啦！」

露比姑姑、杜希亞姑姑和媽聽到後，連

忙跑進廚房。她們拿出各式各樣的盤子，等奶奶一盛滿糖漿，就立刻換上新盤子。她們把盛好糖漿的盤子放到一旁，讓它冷卻變成楓糖塊。

接著，奶奶說：「把小盤子拿去給孩子們裝糖漿。」

每個小女孩和小男孩都得到一個小盤子，就算沒有盤子，也會拿到一個缺角的茶杯或小碟子。他們目不轉睛地看著奶奶倒糖漿，鍋裡的糖漿也許會不夠分，那樣的話，有人就要大方地分出一些糖漿了。幸好，楓糖漿的分量剛剛好。大銅鍋裡剩餘的一點糖漿正好填滿了最後一個小盤子，真是皆大歡喜！

舞會持續進行著，蘿拉和另一個蘿拉先是站在一旁欣賞大人們跳舞，後來站累了，便坐在角落的地板上觀看。大家的舞姿是那麼地曼妙，小提琴的樂音是那麼地悅耳，蘿拉認為，即使讓她看上一整天，她也不會感到厭倦。

後來，蘿拉從睡夢中醒了過來，發現自己躺在奶奶的大床上。原來，現在已經是隔天早上了。媽、奶奶和小寶寶凱麗也都躺在床上。爸和爺爺的身上裹著毛毯，睡在壁爐旁的地板上。她沒有看到瑪莉，其實瑪莉就睡在杜希亞姑姑和露比姑姑的房間裡。

不一會兒，大家都起床了。早餐吃薄煎餅配楓糖漿，飯後，爸把馬兒和雪橇拉到門口。他攙扶懷裡抱著凱麗的媽坐進雪橇，爺爺抱起瑪莉，喬治叔叔抱起蘿拉，把她們倆輕輕放到雪橇裡的乾草堆上。爸將外套緊緊蓋在兩個女孩的身上，然後駕著雪橇，往住家的方向駛去。爺爺、奶奶和喬治叔叔站在門口，大喊：「再見！再見！」

太陽溫暖地照著大地，馬兒加速前進，馬蹄踩踏過的地方，濺起了細碎的雪塊。蘿拉回過頭張望，發現雪橇後面有一排馬的蹄印。馬踩穿了薄薄的雪，積雪下的泥地露了出來。

「天黑以前，」爸說，「這些薄雪就會融化啦！」

第六章　進城

薄雪融化後，春天來臨了。在彎曲的籬笆旁，小鳥在枝繁葉茂的榛樹叢裡高歌。草地再次轉綠，森林裡開滿了嬌嫩欲滴的花朵，到處都可以看見金鳳花、紫羅蘭、頂針花，以及像繁星一樣的野花。

天氣一天比一天暖和，蘿拉和瑪莉央求媽讓她們光著腳到外面玩。起初，她們只能在木柴堆附近跑幾圈。第二天，媽允許她們可以跑得更遠一點。不久後，媽就把她們的皮鞋上油、收了起來，於是她們現在可以整天赤腳玩耍了。

每天晚上，她們都要在上床前把腳洗乾淨。兩人裙襬下的腳踝和腳掌都和臉頰一樣，曬成了棕色。

小木屋前有兩棵大橡樹，樹下有兩間遊戲屋。瑪莉的遊戲屋在瑪莉的樹下，蘿拉的遊戲屋在蘿拉的樹下。柔軟的草皮是遊戲屋的綠色地毯，茂盛的綠葉則是

屋頂，她們透過樹葉的縫隙，可以看到一小片蔚藍的天空。

爸用堅韌的樹皮做了一個鞦韆，掛在蘿拉那棵樹的一根大樹枝上。這是蘿拉的鞦韆，因為是掛在她的橡樹上。不過，她不可以太自私，只要瑪莉想盪鞦韆，就得讓她使用。

瑪莉有一個破損的碟子可以玩扮家家酒，蘿拉則有一個缺角的漂亮杯子。夏綠蒂、蕾蒂和爸做的兩個木頭人，一起住在遊戲屋裡。每天，她們都會用樹葉替夏綠蒂和蕾蒂做帽子，還會把葉子做成餐具，擺在桌上。她們的餐桌是一塊平整又光滑的大石頭。

爸去年在森林裡清出了一塊空地，他最近每天都忙著犁田播種。一天晚上，爸結束工作回到家裡，對蘿拉說：「你猜，我今天看到了什麼？」

蘿拉猜不出來。

「我告訴你，」爸說，「今天早上，我在田裡工作的時候，看見樹林間站著一頭母鹿。你絕對猜不到還有誰跟在牠旁邊！」

「一頭小鹿！」蘿拉和瑪莉拍著手說。

「沒錯，」爸說，「牠就跟在旁邊。那是一頭非常可愛的小鹿，身上的毛皮是淡褐色的，一雙眼睛又大又黑。牠的蹄非常小，只比我的拇指大一點而已，四條腿細細長長，嘴巴看起來很柔軟。牠站在那裡，用溫馴的大眼注視著我，一點也不害怕。牠可能正在猜想，我究竟是什麼東西。」

「爸，你不會射殺小鹿，對嗎？」蘿拉問。

「絕對不會。」爸回答，「我也不會獵殺牠的媽媽或爸爸。現在，一直到小動物長大前，我們都不能再打獵了。因此，在秋天來臨之前，我們只好不吃新鮮又美味的肉囉！」

爸說，等他結束手邊的工作後，全家人要一起進城，蘿拉和瑪莉也可以去，因為她們現在已經長大了。兩個女孩聽到後，興奮得不得了，隔天就玩起了「進城去」的遊戲。不過，遊戲進行得不太順利，因為她們不清楚城鎮長什麼模樣，只知道鎮上有一間商店，但是從來沒有親眼見過。

一天晚上，爸告訴她們：「我們明天進城。」

雖然那天並不是星期六，但是晚上時，媽替蘿拉和瑪莉都洗了澡，還幫她們捲了頭髮。媽把兩個女孩的頭髮分成好幾綹，然後用沾了水的梳子梳理整齊，再用小布片緊緊地捲起來。現在，她們的頭上充滿了許多一顆顆的小圓球，等到明天早上，她們就會擁有一頭漂亮的鬈髮了。

蘿拉和瑪莉興奮得輾轉難眠，媽也不像平時那樣坐在搖椅上縫補衣物。她忙著準備明天的早餐，並拿出兩個孩子要穿的衣裳、爸的襯衫，以及她那件有紫色花朵圖案的深棕色洋裝。

現在，白天變得比往日更長，天色也亮得更早。第二天早上，大家吃完早餐之前，媽就把煤油燈吹熄了。這是一個美麗又晴朗的春天早晨。

媽催促蘿拉和瑪莉趕快吃完早餐，並匆匆洗好碗盤。媽整理床鋪的時候，她們穿上鞋襪，接著，再由媽替兩人換上最漂亮的衣裳——瑪莉穿的是藍色印花布洋裝，蘿拉的則是深紅色印花布洋裝。瑪莉幫蘿拉扣上背後的鈕釦，媽則替瑪莉扣上釦子。

媽解下纏在她們頭髮上的布片，然後梳理整齊，讓頭髮柔順地垂在肩上。她梳得又快又猛，梳到打結的地方時，兩個女孩忍不住痛得哇哇叫。瑪莉的頭髮是漂亮的金色，蘿拉的卻是像泥土一樣的茶褐色。接著，媽替姐妹倆戴上遮陽帽，並將帽繩繞到下巴，打了一個蝴蝶結。當媽在自己的領口別上金色別針、再戴上帽子時，爸已經駕著馬車來到門口了。

馬兒經過爸的一番刷洗，全身的鬃毛閃閃發亮。車廂內打掃得一塵不染，座位上還鋪了一塊乾淨的毛毯。媽抱著小寶寶凱麗，和爸一起坐在前座，蘿拉和瑪莉則坐在車廂裡。

馬車在森林裡奔馳的時候，每個人的心情都很愉快。凱麗揮舞著手腳，不停咯咯笑著；媽的嘴角一直掛著微笑；爸一邊駕著馬車，一邊吹口哨。明亮又溫暖的陽光灑在通往城裡的道路上，樹林間散發著涼爽的氣息。

幾隻兔子站在前方，牠們抬起前腳，不斷用顫動的鼻子聞著空氣中的味道，兩隻長耳朵在陽光的照耀下閃閃發亮。接著，牠們晃動白色的短尾巴，蹦蹦跳跳地跑走了。有兩次，蘿拉和瑪莉看見鹿站在樹蔭下，目不轉睛地盯著她們。

城鎮距離小木屋十一公里遠。那座城叫做貝賓鎮，位於貝賓湖畔。

過了好長一段時間，蘿拉終於從樹木縫隙間，看見湛藍的湖水，堅硬的道路也變成了柔軟的沙地。馬車的車輪深深陷進沙地裡，馬兒費力地拉著車子，體力逐漸消耗殆盡，爸不得不經常停下來，

讓馬兒休息一下。

不久之後，馬車駛出了森林，一大片美麗的湖泊頓時出現在眼前。湖水和天空一樣藍，整座湖大得彷彿一直延伸到世界的盡頭。蘿拉朝遠處眺望，只見湖水平靜無波，遠處天空和湖面交接的地方，有一道深藍色的線條。

頭頂上的天空非常寬闊，蘿拉從來沒看過這麼寬廣的天空。她置身於一片荒涼的空地，自己顯得十分渺小。蘿拉不禁感到有些害怕，不過幸好爸、媽和瑪莉此刻就在身邊。

爸停下馬車，轉過頭來，用

馬鞭指著前方，說：「蘿拉、瑪莉，我們到了！那裡就是貝賓鎮。」

蘿拉把頭伸出車窗，她看著眼前的景象，激動得幾乎無法呼吸。城裡的房屋櫛比鱗次，她現在總算能體會美國佬進城的心情了。

湖邊矗立著一棟宏偉的房屋，爸告訴她，那就是商店。那間房子不是用圓木建造而成，而是用寬大的灰色木板一塊一塊拼起來的。店鋪周圍是沙地，後方有一片空地，面積幾乎比爸在森林裡清出來的墾地還要大。商店附近還有數不清的房子，它們和商店一樣，都是用灰木板搭蓋而成。

蘿拉從來沒有想過世界上會有那麼多的房子，而且每一棟都靠得非常近。當然，那些房子都比商店小得多。其中一幢房子不久前才剛蓋好，木板尚未塗成灰色，露出了木材原本的褐黃色。

每一棟房子都有人居住，屋頂的煙囪炊煙裊裊。今天不是星期一，但有幾個女人正把洗淨的衣物晾在屋旁的灌木叢或樹樁上。在商店和住家之間的空地上，好幾位男孩和女孩在陽光下玩耍，他們從這根樹樁跳到那根樹樁，發出快樂的叫喊聲。

蘿拉不發一語地望著周遭的景色，過了一會兒後，才把頭縮回馬車。爸繼續駕著馬車前進。

馬車在湖邊停了下來，爸解下馬兒的轡繩，然後拴在車廂的把手上。接著，他牽起蘿拉和瑪莉的小手，媽抱著小寶寶凱麗，一起踩著又深又軟的沙子走向商店，溫暖的細沙淹過蘿拉的鞋面，滲進鞋子裡。

商店前面是一個寬闊的平臺，平臺一端有幾階向下連接到沙地的樓梯。蘿拉的心臟跳得飛快，她興奮得渾身發抖，差點就爬不上階梯。

這就是爸平時用毛皮進行交易的商店。當他們走進店裡時，老闆立刻就認出了爸。他開心地從櫃檯後方走出來，跟爸和媽說話。這時候，蘿拉和瑪莉應該表現出有禮貌的樣子。

「您好。」瑪莉說，但是蘿拉什麼話都說不出來。

老闆對爸和媽說：「你們這個女兒真是漂亮。」接著，他還稱讚了瑪莉的金色鬈髮，但是他沒有讚美蘿拉和蘿拉的頭髮。

商店裡的東西琳琅滿目，店裡一側擺著一排堆滿布匹的貨架，那些布有漂亮的粉紅色、藍色、紅色、咖啡色和紫色。木頭櫃檯旁的地板上，放著許多桶釘子和灰色的圓形子彈，還有裝滿糖果的提籃和一袋袋的食鹽及砂糖。

商店的正中央擺著一把嶄新的木犁，犁頭上的刀片磨得閃閃發亮。另外，還有鋼製的斧頭、榔頭、鋸子和各式各樣的刀具。店裡也有大靴子和小靴子、大鞋子和小鞋子。即使在這裡待上一星期，也無法將店內所有的擺設都瀏覽過一遍。蘿拉從來不知道，原來世界上有那麼多的東西。

爸和媽花了好長的時間選購商品。老闆拿下一匹又一匹的布，展開來讓媽看看花紋、摸摸材質，然後媽又問了問價錢。蘿拉和瑪莉也站在一旁觀看，但是她們絕對不能用手觸摸。布料的顏色和花紋一匹比一匹漂亮，而且店裡的印花布多得數也數不清，蘿拉實在不知道媽要如何從中挑選。

最後，媽挑了兩種印花布給爸做襯衫，一塊棕色的粗棉布給他做工作服。接著，她又選了一些白布，打算用來做成床單和內衣褲。

爸為自己買了一副褲子吊帶和一些菸草。媽買了一磅茶葉和一小包砂糖，準備用來招待客人。那是一種淺褐色的糖，顏色不像媽平時用的楓糖那麼深。

買完東西後，老闆給瑪莉和蘿拉一人一塊糖果。她們倆感到又驚又喜，全都呆愣地望著糖果。過了一會兒，瑪莉才彷彿想起什麼似地說：「謝謝！」

蘿拉說不出話來，大家都在等她開口，可是她卻連一個字也沒有說出口。媽只好問她：「蘿拉，你要說什麼呢？」

蘿拉這才嚥了一下口水，小聲地說：「謝謝。」

走出商店後，兩個女孩仔細端詳著手裡的糖果。這兩顆糖果都是白色的，形狀是薄薄扁扁的心形，上面印著紅字。媽將上面的字唸給兩人聽。瑪莉的那塊糖寫著：

紅紅的玫瑰，

藍藍的紫羅蘭，
甜甜的糖，
就像你一樣。

蘿拉的那塊糖上只有幾個字：

甜甜的糖給甜甜的你。

兩塊糖的大小一樣，所以蘿拉那塊糖果上的字印得比較大。

他們走過沙地，回到停在湖邊的馬車。爸將燕麥倒在車廂底的木槽裡，替馬兒準備午餐，媽則打開了野餐籃。一家人坐在溫暖的沙地上，吃著塗了奶油的麵包、乳酪、水煮蛋和餅乾。貝賓湖的浪花捲到他們腳下的陸地，然後又迅速地退了回去。

吃過午餐後，爸又回到商店裡和其他人聊天。媽將凱麗抱在懷裡，溫柔地哄著她睡午覺。蘿拉和瑪莉沿著湖岸奔跑，撿拾漂亮的鵝卵石。那些石頭長期被湖水沖刷，表面變得十分光滑，大森林裡完全找不到像這樣的石子。

蘿拉每找到一顆漂亮的鵝卵石，就撿起來放進口袋。湖邊到處都是鵝卵石，而且一顆比一顆漂亮，因此她很快就把口袋塞滿了。不久，兩個女孩聽見爸在呼喚她們，於是連忙朝馬車跑去。爸已經將韁繩套在馬兒身上，準備回家。

就在爸抱起蘿拉，準備把她放進車廂裡時，沉重的鵝卵石把蘿拉的洋裝口袋撐破了。蘿拉哭了起來，因為那是她最好的一件衣裳。媽把凱麗交給爸，走到蘿拉身旁，檢查洋裝破損的地方。

「蘿拉，別哭了，我可以把洋裝補好。」媽指給蘿拉看，原來只是洋裝和口袋的車縫線裂開了。口袋本來就是一

個縫在衣服上的小袋子，只要重新把它縫回去，就能夠恢復原本的樣子了。

「蘿拉，把那些漂亮的鵝卵石撿起來，下次別這麼貪心了。」媽說。

於是，蘿拉把石子撿起來，小心翼翼地放進口袋，再把口袋放在大腿上。爸笑著說蘿拉是個貪心的小女孩，撿的石頭多到帶不走，但是蘿拉一點也不在意爸說的那些話。

這樣的事情絕對不會發生在瑪莉身上，她是個乖巧的女孩，衣服永遠乾乾淨淨、整整齊齊，而且非常有禮貌。她有一頭漂亮的金色鬈髮，糖果上還印有一首讚美她的詩詞。

瑪莉坐在蘿拉的旁邊，看起來甜美又文靜，衣服上絲毫沒有半點皺褶。對蘿拉來說，所有的優點都集中在瑪莉身上，真是太不公平了。

不過，今天仍舊是快樂的一天，也是她有生以來最美好的一日。蘿拉想著那座美麗的湖、滿是房屋的城鎮，以及擺滿許多東西的商店。她謹慎地拿著裝滿鵝卵石的口袋，也仔細地將心形糖果包在手帕裡。等回到家後，她要把這些東西好好收藏起來。

馬車搖搖晃晃地穿過森林，朝小木屋的方向駛去。太陽下山了，森林逐漸被黑暗籠罩，在最後一道陽光消失以前，月亮爬上了高空。柔和的月光透過樹葉間的縫隙灑落，在前方的道路上映照出一塊塊交錯的亮光與陰影。

蘿拉和瑪莉都沒有說話，因為她們實在是太累了。媽靜靜地坐著，懷裡的小寶寶凱麗睡得十分香甜。爸則輕輕地唱起歌：

縱然遊遍繁華的世界，
卻沒有任何地方能比得上我簡陋的家。

第七章 夏天

夏天到了，大家開始四處探訪親友。有時候，亨利舅舅、喬治叔叔或爺爺會騎著馬，穿過大森林來到小木屋。這時，媽會到門口迎接客人。她總是先問候其他家人的近況，然後才說：「查爾斯正在開墾土地。」

每逢客人來訪，媽就會準備比平時更豐富的菜色，午餐時間也會拉長。爸、媽會和前來拜訪的客人坐下來談天，接著再回去工作。

有時候，媽會讓蘿拉和瑪莉沿著森林小徑，到山腳下去拜訪彼得森太太。彼得森一家才剛搬過來沒多久，他們的房子很新，而且屋裡總是非常整潔，因為他們家沒有會把東西弄得亂七八糟的小女孩。彼得森太太是瑞典人，她經常讓蘿拉和瑪莉欣賞那些她從瑞典帶來的漂亮物品，例如蕾絲、刺繡和瓷器。

彼得森太太只會說瑞典話，蘿拉和瑪莉則對她說英語，但是她們居然都能夠

明白對方在說什麼。每次姐妹倆要離開的時候，彼得森太太都會給她們一人一塊餅乾，讓她們在路上慢慢享用。

蘿拉總是吃掉一半的餅乾，瑪莉也習慣只吃掉半塊，她們都想把各自剩下來的餅乾留給小寶寶凱麗。因此，當她們回到家以後，凱麗就會得到兩個半塊的餅乾，合起來正好是一整片。

這樣好像不太對，因為她們只是想要和凱麗平分一塊餅乾。不過，如果瑪莉留下一半的餅乾，而蘿拉吃掉整塊，或者蘿拉留下半塊，而瑪莉把她的餅乾全部吃掉，分法都不是很公平。她們不知道該如何解決這個問題，只好繼續維持這種分餅乾的模式。

有時候，住在附近的鄰居會先通知說，某一天全家要前來拜訪。遇到這種時候，媽就會花更多時間打掃房子、烹煮美味的料理，還會拿出從商店買回來的砂糖。到了約定好的那天早晨，一輛馬車緩緩駛到門口，接著，蘿拉和瑪莉就可以和那些被載來的陌生孩子一起玩耍。

胡利特夫婦來訪時，都會帶著伊娃和克拉倫斯。伊娃是個漂亮的女孩，有一雙黑色的眼睛和黑色的鬈髮。玩遊戲時，伊娃總是小心翼翼地讓衣服永遠保持乾淨整齊的樣子。瑪莉喜歡那樣的女孩，但是蘿拉比較喜歡和克拉倫斯一起玩。

克拉倫斯有著一頭紅髮，臉上長滿了雀斑，無論何時總是面帶著笑容。他穿著一身帥氣的藍色襯衫，衣服前面縫著一排閃閃發亮的金色鈕釦，鞋尖上還鑲著一塊耀眼的銅片。蘿拉看見克拉倫斯的鞋子之後，便暗自希望自己是個男孩，因為女孩子是不被允許穿這種鞋子的。

蘿拉和克拉倫斯又跑又叫，還爬到樹上玩；瑪莉和伊娃則優雅地散步，或輕聲細語地交談；媽和胡利特太太一邊聊天，一邊翻閱胡利特太太帶來的《高德婦女流行雜誌》；爸和胡利特先生有時討論馬匹，有時巡視農作物，有時還會一起抽菸斗。

有一次，樂蒂阿姨前來拜訪。那天早上，媽花了好長一段時間幫蘿拉把頭上的小布片拆下來，把頭髮梳成長長的鬈髮。瑪莉早已梳理完畢，並端莊地坐在椅子上。她的金色鬈髮光亮柔順，身上的藍色洋裝看起來十分清爽。

蘿拉倒是比較喜歡自己的紅色洋裝。不過，媽替她梳頭時太用力了，扯得她好痛。她的頭髮是茶褐色，而非金色，所以一點也不搶眼，每個人都只會稱讚瑪莉的金頭髮。

「好啦！」媽終於說，「你的頭髮已經捲得很漂亮了。樂蒂阿姨快要到了，你們一起到門口迎接她，順便問她喜歡茶褐色鬈髮還是金色鬈髮。」

蘿拉和瑪莉連忙跑出去，沿著小路來到柵欄門口，樂蒂阿姨已經在那裡等她們了。樂蒂阿姨是個漂亮的少女，個子比瑪莉高出許多。她穿著美麗的粉紅色洋裝，手上抓著粉紅色遮陽帽的帽繩，帽子在她的手中晃來晃去。

「樂蒂阿姨，您喜歡茶褐色鬈髮還是金色鬈髮？」瑪莉問。她是個乖女孩，大人的吩咐一定照辦。

蘿拉等著樂蒂阿姨的回答，心裡感到有點難過。

「兩種我都喜歡。」樂蒂阿姨笑著回答。她一手牽著蘿拉，一手牽著瑪莉，蹦蹦跳跳地朝小木屋走去，媽正站在門口等她們。

陽光透過玻璃窗照進屋裡，讓每樣東西都顯得整潔又明亮。桌上鋪著一塊紅布，爐灶被刷洗得閃閃發亮。蘿拉從臥室的門看進去，發現她們的滾輪小床整齊地擺放在大床底下。食物儲藏室的門開著，架上堆滿了各種香料與食物，令人垂涎三尺的香味撲鼻而來。黑貓蘇蘇剛剛睡醒，牠一邊發出滿足的呼嚕聲，一邊從閣樓上的樓梯走下來。

一切都很美好，蘿拉也玩得很開心，誰也沒料到那天晚上，她居然會突然大發雷霆。

樂蒂阿姨離開以後，蘿拉和瑪莉感到很疲倦，情緒也變得特別急躁。她們在柴堆裡撿木片，準備隔天早上生火時用。她們很討厭撿木片，但這是每天晚上的例行公事。今天晚上，她們對這項工作更是厭惡到了極點。

蘿拉搶先撿起了一塊最大的木片，這時，瑪莉悻悻然地說：「沒關係，反正我知道樂蒂阿姨比較喜歡我的頭髮。金色頭髮比茶褐色頭髮漂亮多了。」

蘿拉感到喉嚨一緊，一句話也說不出來。她知道金色的頭髮比較漂亮，但她的內心非常不服氣，於是猛地伸手打了瑪莉一記耳光。

這時，她聽見爸說：「蘿拉，你過來！」她拖著腳步，慢慢走過去。爸就坐在門邊，剛才那一幕他全瞧見了。

「你忘了嗎？」爸嚴肅地說，「我說過，絕對不可以打架。」

「可是，瑪莉說……」蘿拉張口辯解。

「無論她說什麼，」爸說，「你一定要記住我說的話。」

接著，爸從牆上取下皮帶，打了蘿拉一頓。

蘿拉坐在牆角的椅子上哭泣，哭完了之後，就繃著臉生悶氣。唯一令她高興的事，就是今晚瑪莉得獨自撿好滿滿一盤的木片。

過了一會兒，爸說：「蘿拉，過來。」

他的聲音很和藹，於是蘿拉便走了過去。爸把她抱到膝蓋上坐著，緊緊摟著她。蘿拉依偎在爸的臂彎裡，頭靠著他的肩膀，他的長鬍鬚擋住了她的視線，一切都恢復往常那樣了。

蘿拉把事情的經過告訴爸，然後問他：「您是不是也覺得金色頭髮比茶褐色頭髮好看？」

爸用清澈的藍眼睛注視著她，說：「蘿拉，我的頭髮也是茶褐色的呀！」

蘿拉完全沒有注意到這點！爸的頭髮和鬍鬚都是茶褐色的。現在，她覺得茶褐色是最可愛的顏色。

夏天的夜晚，爸既不講故事，也不拉小提琴，因為夏天的白日很長，他在墾地工作一整天後，已經累得筋疲力盡了。

媽也忙得團團轉。蘿拉和瑪莉要幫她拔除院子裡的雜草、餵食小牛和小雞，還要撿拾雞蛋和製作乳酪。當森林裡的草長得又高又密時，母牛就會開始產出大量的乳汁，這時候就可以做乳酪了。

製作乳酪必須宰殺一頭小牛，因為過程中需要凝乳酵素，而小牛的胃膜裡正好含有那種成分。除此之外，這頭小牛必須是剛出生不久，而且除了牛奶以外，不曾吃過別的東西才行。

蘿拉很擔心爸會殺掉牛舍裡的其中一隻小牛。牠們非常可愛，一頭是淡黃褐色，另一頭是紅色，牠們的毛又細又軟，大眼睛裡飽含著對世界的好奇。當媽和爸提起要做乳酪時，蘿拉的心臟跳得飛快。

結果，爸不會宰殺家裡的任何一頭小牛了，因為牠們是小母牛，必須養大成乳牛才行。爸到爺爺家和亨利舅舅家去，和他們討論這件事。亨利舅舅說他會殺掉一隻小牛，牠的胃膜足夠波莉舅媽、奶奶和媽做乳酪了。

幾天後，爸到亨利舅舅家，帶回一塊小牛的胃。它看起來彷佛柔軟的灰白色皮革，其中一面有很多突起的皺褶，摸起來很粗糙。

晚上，媽替乳牛擠完牛奶以後，就把牛奶倒進平底鍋。隔天早上，她把浮在牛奶表層的奶油撈起來，準備以後做牛油。接著，等早上擠的新鮮牛奶冷卻後，再倒入撈去奶油的牛奶裡混合均勻，然後放在爐灶上加熱。

同時，她將小牛的胃用布包起來，放進溫水裡浸泡。

牛奶加熱到適當的溫度後，媽就用力地把包在布裡的小牛胃擠乾，再把擠出來的水倒進牛奶裡，攪拌均勻以後，放在爐灶上保溫。沒多久，牛奶便凝結成光滑、有彈性的塊狀物。

媽用一把長刀把它切成許多小方塊，讓乳清從方塊形的凝乳流出來。接著，她把整鍋凝乳與乳清倒在一塊布上，過濾出稀薄的黃色乳清。等這塊布不再滴出乳清之後，媽就把凝乳倒進一口大鍋裡，撒上鹽巴，攪拌均勻。

蘿拉和瑪莉都待在媽的身邊幫忙。當媽撒鹽、攪拌凝乳時，她們倆會抓一點凝乳放進嘴裡，吃得牙齒咯吱作響。

爸在後門外的櫻桃樹下，架起了一塊壓乳酪用的木板。他在木板上刻了兩道溝槽，然後將木板的頭尾兩端分別架在兩塊大砧板上，兩塊砧板的厚度不同，其中一塊比另一塊稍微厚一點，木板的末端下方放了一個空桶子。

媽把替乳酪塑形的木環放在木板上，並在木環底層鋪上一塊乾淨的濕布，然後將加了鹽的凝乳倒進去。媽用另一塊乾淨的濕布蓋在凝乳上，再放上一塊比木環略小的砧板。最後，她搬來一塊很重的石頭，緊緊地壓在砧板上。經過大石頭的重壓，砧板會慢慢地陷進去，凝乳中的乳清也會被擠壓出來，順著木板上的長溝流進桶子裡。

第二天早上，媽從木環裡取出一塊淡黃色的圓形乳酪。接著，她又繼續製作更多凝乳，再把木環填滿。

每天早上，媽都會把做好的乳酪取出來，將它的表面刮得細緻平滑。她用一塊塗滿新鮮牛油的布緊緊包住乳酪，再把它放到食物儲藏室的層架上。此外，媽每天都會用濕布小心翼翼地擦拭每塊乳酪，並塗上一層牛油，再把它翻面、放回櫃子上。這個動作重複許多天後，乳酪就成熟了，它的外表會長出一層硬皮。這時候，媽會用紙把乳酪包起來，存放在更高的架子上。

蘿拉和瑪莉都很喜歡做乳酪，她們喜歡吃凝乳時，牙齒用力咀嚼所發出來的聲音，也喜歡吃媽修整乳酪時刮下來的碎屑。除此之外，她們倆也愛吃尚未成熟的青乳酪，媽總是笑她們貪嘴。

「有人說，月亮是用青乳酪做的。」媽告訴她們。

剛做好的乳酪確實很像從樹林間升起的滿月，可是這時的乳酪不是青色的，而是和月亮一樣白裡透黃。

「人們稱它為青乳酪，是因為它尚未發酵，」媽說，「等到它成熟後，就不是青乳酪了。」

「月亮真的是用青乳酪做的嗎？」蘿拉問，媽笑了起來。

「我想，大家之所以這樣說，純粹是因為月亮長得像青乳酪。」媽一邊說，一邊用濕布擦拭青乳酪，並仔細地塗上一層牛油。媽告訴她們，月亮上面寂靜寒冷，是一個沒有任何生物存在的小世界。

媽製作乳酪的第一天，蘿拉就偷喝了乳清，但滋味非常不好，所以她立刻就吐了出來。當媽轉過身，看見蘿拉臉上的表情後，忍不住放聲大笑。那天晚上，媽在洗碗盤時，將這件事情告訴了爸。

「幸好你喝的是媽做的乳清，否則就會像格里姆老頭那樣活活餓死了。」爸笑著說。

蘿拉央求爸告訴她格里姆老頭的故事。儘管爸非常疲倦，他還是從琴盒裡取出小提琴，為蘿拉唱起歌來：

好心的格里姆老頭死了，我們再也見不到他。
他總是穿著灰色的舊外套，鈕釦扣得很整齊。
格里姆老頭的妻子做乳酪，格里姆老頭喝乳清。
西邊吹來一陣東風，把格里姆老頭吹得無影無蹤。

「這就是格里姆老頭的故事。」爸說，「他的妻子是個小氣的女人，把漂浮

在牛奶裡的奶油撈得一乾二淨。如果乳清裡殘餘少許奶油，或許格里姆老頭還能夠勉強活下去，但是她一滴奶油都不放過，所以可憐的格里姆老頭才會瘦得不成人形，風一吹就被捲走了。」

接著，爸對媽說：「卡洛琳，只要有你在，我們就不會餓死。」

「噢！」媽搖搖頭說，「查爾斯，是你辛勤工作，我們才能夠衣食無缺。」

聽見媽這樣說，爸很開心。這真是令人愉快的夏夜，門窗敞開著，媽在洗碗盤，瑪莉和蘿拉在一旁幫忙擦拭，屋裡充滿餐具輕輕碰撞的聲音。爸收起小提琴，輕輕地吹起口哨。

過了一會兒，爸說：「卡洛琳，明天早上，我要去亨利家向他借鋤頭。麥田的周圍長滿了雜草，高度已經快要到我的腰際了。要是不趕緊除草，那裡又會恢復成森林原本的樣貌了。」

第二天一大早，爸徒步到亨利舅舅家去。可是沒多久，他又急匆匆地趕了回來，並把馬車套到馬兒身上，再往車廂裡扔進一把斧頭、兩個洗衣桶、一個大鍋子和許多個各式各樣的木桶。

「卡洛琳，我不知道這些東西能否全部派上用場。」他說，「不過，我不希望在我需要的時候，發現手邊沒有容器。」

「發生什麼事了？」蘿拉興奮地問。

「爸找到一棵掛著蜂窩的樹，說不定他會帶一些蜂蜜回來。」媽說。

接近中午時，爸回來了。蘿拉一直站在門口等他，她一看見馬車駛進院子，便立刻跑了過去，可是她看不到車廂裡裝著什麼東西。

爸喊道：「卡洛琳，幫我把這桶蜂蜜提進去，我去把馬鞍卸下來。」

媽聽見後，心裡有些失望，但她還是微笑著說：「只有一桶蜂蜜也不錯。」等到她走到馬車旁，伸手要去提桶子時，頓時驚訝得說不出話來。爸站在一旁，笑得合不攏嘴。

原來，車廂裡的木桶全都裝滿了正在滴著蜂蜜的金色蜂巢。除此之外，兩個洗衣桶和大鍋子也都裝得滿滿的。爸和媽來來回回走了許多趟，才把所有的木桶和鍋子搬進屋裡。媽在盤子裡堆了高高一疊的金色蜂巢，剩下的蜂巢都用布妥善地包了起來。

晚餐時，所有人一邊津津有味地享用蜂蜜大餐，一邊聆聽爸講述他發現那棵樹的經過。

「今天早上，我沒有帶槍出門。」他說，「因為我不是去打獵，況且現在是夏天，遇到危險的機會不多。每年這個時候，豹和熊都吃得又胖又肥，身體變得懶洋洋，脾氣好得不得了。

「我抄捷徑穿過森林，結果差點撞上一頭大熊。我悄悄繞到矮樹叢的後方，大熊就站在那裡，我和牠之間的距離，差不多就和這個房間一樣寬。牠瞥了我一眼，不過我猜想牠可能看出我沒有帶槍，所以一點也不害怕。

「牠站在一棵大樹下，許多隻蜜蜂在牠的周圍盤旋，可是熊的毛皮很厚，蜜蜂根本不足以對牠構成威脅。我站在一旁觀察，只見牠把一隻前腳伸進樹洞裡，抽出來時，上面沾滿了蜂蜜。牠舔掉蜂蜜後，又把前腳伸了進去。這時，我發現地上有一根木棍，於是連忙將它撿起，緊緊握在手中，想辦法得到蜂蜜。

「我用木棍大力地敲打另一棵樹，同時發出可怕的吼叫聲。那頭熊已經吃飽了，於是牠前腳著地，搖搖擺擺地走進樹林裡。我追了牠一段路，好讓牠走得更遠一點，然後再趕回來那棵樹所在的位置。」

蘿拉問他是怎麼拿到蜂蜜的。

「很簡單，」爸說，「我把馬兒牽到遠處，避免牠受到蜜蜂的攻擊，然後再將那棵樹砍下來，劈成兩半。」

「蜜蜂有沒有螫你？」

「沒有，」爸說，「蜜蜂不會螫我的。」

爸接著說：「那棵樹是中空的，裡面滿滿都是蜂蜜。那些蜜蜂一定在這裡築巢許多年了，因為有些陳舊的蜂蜜已經開始發黑。我抓緊時間拿了許多新鮮、乾淨的蜂蜜，這些足夠我們吃上好一段日子了。」

蘿拉替那些可憐的蜜蜂感到難過。她說：「牠們辛苦採蜜，現在卻連一點蜂蜜也沒有了。」

但是爸說，他留了很多蜂蜜給蜜蜂，而且附近還有另一棵空心的大樹，牠們可以搬到那裡居住。爸還說，蜜蜂也該搬去一個乾淨的新家了。

蜜蜂會把爸留在那棵樹裡的舊蜂蜜搬過去，重新製造新鮮的蜂蜜，貯存在新家裡。牠們會把每一滴灑落在地的蜂蜜蒐集起來，在冬天來臨以前，牠們又可以擁有大量的蜂蜜了。

第八章 秋收

田裡的農作物成熟後，爸和亨利舅舅會互相幫忙採收。蘿拉家的麥子較早成熟，於是亨利舅舅就先過來幫忙，波莉舅媽和表哥、表姐們也會前來拜訪他們。之後，爸再去幫亨利舅舅收割，媽也會帶蘿拉、瑪莉和小寶寶凱麗一起去波莉舅媽家玩上一整天。

媽和波莉舅媽在屋裡做家事，孩子們在院子裡玩耍，直到午餐時間來臨。波莉舅媽家的院子是個玩遊戲的好地方，因為那裡有許多厚實的樹樁，大家可以從這根樹樁跳到另一根樹樁，腳完全不會接觸到地面。

就連年紀最小的蘿拉，都可以輕鬆地在密集的樹樁間跳來跳去。查理表哥是個快要滿十一歲的大男孩，他可以在院子裡的所有樹樁上蹦蹦跳跳，還能夠一次跳過兩個樹樁。除此之外，他甚至可以走在籬笆的橫木上，一點也不害怕。

爸和亨利舅舅在田裡，用大鐮刀收割燕麥。大鐮刀是一種在木條框裝上銳利鋼刀片的器具，當鐮刀割下燕麥後，麥稈就會平整地落在木條架上。爸和亨利舅舅握著大鐮刀彎曲的把手，朝直立在田裡的燕麥不停揮舞。等割下來的燕麥夠多之後，他們就把木條架上的麥稈取下，整齊地堆在地上。

這個工作非常辛苦，他們必須頂著烈日在田裡來回走動，用沉重的大鐮刀割下燕麥，再把它們蒐集成堆。

收割完所有的燕麥後，他們會繞著田地走一圈，在每一堆燕麥前彎下腰，兩隻手各抽出一小把麥稈，將它們編成一條長繩，然後把成堆的燕麥抱起來，用繩子牢牢紮緊，再將繩頭塞進燕麥捆裡。

每紮好七捆燕麥，他們就把麥堆聚在一起，其中五捆豎立起來，讓麥穗那頭朝上，緊緊靠攏。接著，把剩下兩捆燕麥橫放在上面，並且將麥稈鋪開，形成一個小屋頂，保護下面的五捆燕麥不受露水或雨水的侵襲。

天黑以前，那些割下來的燕麥必須堆疊整齊，要是任由它們在有露水的田地裡過上一夜，就很容易受潮腐爛。

爸和亨利舅舅拚命趕工，因為天氣又悶又熱，一點風也沒有，似乎就快要下雨了。燕麥已經熟了，如果不在下雨前收割完並且堆疊好，今年的收成就會大大減少，那麼冬天來臨時，亨利舅舅的馬就得挨餓了。

中午時，爸和亨利舅舅匆匆趕回來，狼吞虎嚥地吃著午餐。亨利舅舅吩咐查理下午到田裡幫忙。

亨利舅舅說這句話的時候，蘿拉看了爸一眼。她曾經聽爸對媽說，亨利舅舅和波莉舅媽把查理給寵壞了。爸十一歲的時候，每天都要到田裡工作一整天，而查理卻什麼也不用做。

現在，亨利舅舅要查理到田裡幫忙，因為這可以讓他們省下不少時間。查理可以去溪邊汲水、在他們需要喝水的時候，替他們拿水壺，還可以在他們要磨大鐮刀時，把磨刀石遞給他們。

所有的孩子都看著查理。雖然查理一點也不想去田裡工作，只想留在院子裡玩耍，但是他不敢說出口。爸和亨利舅舅一吃完午餐，就急匆匆地帶著查理回麥田工作了。

查理一走，瑪莉就變成年紀最大的孩子了。她喜歡玩些比較安靜、淑女的遊戲，因此那天下午，孩子們就在院子裡玩起扮家家酒，他們把樹樁當作桌子、椅子和爐灶，樹葉是餐盤，樹枝是孩子。

那天晚上，在回家的路上，蘿拉和瑪莉聽見爸告訴媽下午田裡發生的事。

查理不但沒有幫上爸和亨利舅舅的忙，反而製造了許多麻煩。他故意擋在他們的面前，害得他們無法揮動大鐮刀；他還把磨刀石藏起來，讓他們要磨刀片時遍尋不著。此外，亨利舅舅每次都得大吼好幾聲，他才臭著臉把水壺遞到他們的眼前。

在那之後，他又跟在他們的身後，喋喋不休地問東問西。爸和亨利舅舅忙著工作，沒空搭理他，只好將他打發到一旁。過了一會兒，他們聽見查理淒厲的尖叫聲，於是連忙扔下大鐮刀，穿過麥田朝查理跑去。麥田四周都是樹林，有時還會有蛇出沒。

他們趕到查理身邊，卻發現什麼事也沒有。查理還嘲笑他們說：「哈！你們上當啦！」

爸說，如果他是亨利舅舅，一定會當場狠狠修理那個孩子一頓，可是亨利舅舅沒有那麼做。

於是他們喝了一點水後，便回去工作了。

查理一共尖叫了三次，每次他們都用最快的速度跑過去查看，結果卻只換回查理狡黠的嘲弄。儘管如此，亨利舅舅依然沒有處罰他。

接著，查理第四次尖叫起來，聲音比先前幾次還要大。爸和亨利舅舅朝他所在的位置看了一眼，發現他正在一邊大叫，一邊跳來跳去。他們看不出有什麼異狀，而且又被他騙了那麼多次，所以就繼續埋頭苦幹。

查理的尖叫聲沒有停止，而且愈來愈淒厲。爸猶豫了一下，亨利舅舅卻說：「讓他叫吧！」

查理繼續發出可怕的慘叫，並且跳個不停。最後，亨利舅舅終於說：「說不定他真的遇上什麼麻煩了。」他們放下大鐮刀，往查理那邊走去。

原來，查理剛才一直在胡蜂窩上亂跳！胡蜂在地上築巢，查理不小心踩到了，那些住在裡面的胡蜂立刻飛了出來，用銳利的蜂針攻擊他。查理被螫得無處可逃，只能跳上跳下地哭叫著。上百隻的胡蜂不停螫他的臉、手、脖子和鼻子，有的還爬進褲管螫他的腿，或者穿過領口螫他的背。他跳得愈高，胡蜂就螫得愈凶。

爸和亨利舅舅一人抓住他一隻手臂，把他帶離胡蜂窩。他們脫下他的衣服，發現他的身上爬滿了胡蜂，被螫的地方已經腫起來了。他們打死正在螫查理的胡蜂，把衣服上的胡蜂趕走，再幫他穿上衣服，然後送他回家。

那時候，蘿拉、瑪莉和表姐妹們正在院子裡安靜地玩耍，突然聽到震天價響的哭喊聲。只見查理哭著走進院子，一張臉腫得很厲害，連眼淚都快要沒辦法從眼睛裡流出來了。

他的雙手和脖子腫脹不堪，臉頰上也布滿腫包。他的手指浮腫，完全無法彎曲，腫脹的臉和脖子上都是白色的小凹洞。

蘿拉、瑪莉和表姐妹們都站在一旁看著他。

媽和波莉舅媽從屋裡跑出來，問他究竟發生了什麼事，但查理一句話也說不出來，只是嚎啕大哭。媽檢查了查理的傷口，然後說這一定是胡蜂螫的。她跑進院子裡，挖了一大盆泥土，波莉舅媽把查理帶進屋內，並脫下他的衣服。

她們往那盆泥土裡倒了一些水，調製成泥漿，然後均勻地塗抹在查理身上。接著，再用一條舊床單把他包起來，抱到床上。查理的眼睛腫得睜不開，鼻子的形狀也變得很滑稽。媽和波莉舅媽在他的臉上塗滿泥漿，並用布條纏起來，只露出鼻尖和嘴巴。

波莉舅媽泡了一些草藥給他喝，讓他退燒。蘿拉、瑪莉和表姐妹們都圍在查理身邊，目不轉睛地看著他。

那天，爸和亨利舅舅從田裡回來時，天已經黑了。他們把所有的燕麥都割下來，並且將它們堆疊整齊。就算現在下雨，也不用擔心農作物腐壞了。

爸無法留下來吃晚餐，因為他得趕回家擠牛奶。乳牛已經在家等著，如果不按時擠奶，乳牛的奶量就會變少。爸迅速地把馬車套在馬兒身上，一家人匆匆忙忙上路了。

爸累得筋疲力盡，手痛得幾乎無法駕駛馬車，幸好馬兒認得回家的路。媽抱著小寶寶凱麗坐在爸旁邊，蘿拉和瑪莉坐在他們身後的車廂裡，她們倆都聽到了爸敘述查理荒唐的行徑。

蘿拉和瑪莉聽得目瞪口呆，雖然她們也經常調皮搗蛋，卻從來沒想到查理的行為居然那麼離譜。他不但沒有幫忙收割燕麥，還把他父親的話當作耳邊風，更在爸和亨利舅舅工作時不斷搗亂。

當爸說到查理踩壞蜂窩時，他說：「那個小鬼是自作自受。」

那天晚上，蘿拉躺在滾輪小床上，聆聽雨點敲打在屋頂的聲音，以及雨水沿著屋簷流下去的嘩啦聲。她把爸在路上說的話，仔細地想了一遍。

她也認為查理罪有應得，因為他實在是太頑皮了。更何況，他還踩壞了胡蜂的家，牠們當然有權利螫他。最後，蘿拉在心裡默默得出一個結論，那就是自己絕對不要變得像查理一樣調皮。

第二天，爸割下幾捆燕麥的麥穗，然後把亮黃色的乾淨麥稈留給媽。媽將它們放進裝滿水的盆子裡泡軟，接著坐在水盆旁的椅子上，開始編麥稈。

她抓起四、五根麥稈，把它們的末端對齊後打了個結，接著開始編織。麥稈的長度不一，每當手裡的麥稈快要編完時，她就從水盆裡抽出一根新的補上去。她把麥稈編的繩子泡在水裡，一直編到麥繩有好幾碼長，才開始編下一條麥繩。這幾天，只要她一得空，就一定會坐下來編織麥繩。

媽用七根細小的麥稈編出精緻光滑的窄麥繩；用九根粗麥稈編出寬一點的麥

繩，並將邊緣修整成鋸齒狀；最後，她再用最粗大的麥稈編出最寬的麥繩。等到所有的麥稈都編織完後，媽在針上穿過一條又粗又紮實的白線，從麥繩的前端一圈一圈地縫起來。縫在一起的麥稈攤開後，就像一片扁平的圓形草蓆，媽說這是帽頂。

接著，媽把麥繩的邊緣拉緊，繼續一圈圈縫下去，使它逐漸內縮成帽冠。等帽冠夠長之後，她就放鬆麥繩，再繼續一圈圈地縫，麥繩平整地展開來，變成了帽簷。等帽簷的寬度夠了，她便剪斷麥繩，然後把末端縫緊，免得繩子散開。

媽用最細緻的麥繩替蘿拉和瑪莉編帽子，用比較寬、且有鋸齒狀的麥繩編她和爸星期日戴的帽子。此外，她還用最粗大的麥繩做了兩頂爸平日戴的帽子。她編織好帽子後，便把它們放到木板上晾乾，同時仔細調整帽子的形狀。等帽子曬乾後，就不會變形了。

媽做的帽子都很漂亮。蘿拉喜歡看媽編帽子的過程，也逐漸學會如何用麥稈做麥繩，她還替布娃娃夏綠蒂做了一頂小帽子呢！

白天變得愈來愈短，夜晚也開始帶有涼意。有一天晚上，霜先生來訪，隔天早上，大森林裡的樹葉上充滿了閃閃發亮的白霜。從那一天開始，綠油油的葉子逐漸褪色，變成了黃色、鮮紅色、深紅色、金色和棕色。

籬笆旁那排漆樹的葉子彷彿明亮的火焰，樹葉之間點綴著一顆顆深紅色的莓果。橡實紛紛從橡樹上墜落，蘿拉和瑪莉玩扮家家酒時，就把橡實拿來作為小杯子和小碟子。大森林裡的地面上到處都是胡桃和山核桃，松鼠們跑來跑去，忙著把堅果貯存在空心的樹幹裡，準備過冬。

蘿拉和瑪莉跟著媽去撿拾胡桃、山核桃和榛果。她們把撿回來的堅果放在太陽底下曬乾，再把乾燥的外殼剝開，將裡面的果仁存放到閣樓裡，留待冬天的時候享用。

採集堅果是一件很有趣的事。胡桃又大又圓，

山核桃的外型比較小，榛果一串串地生長在灌木叢裡。胡桃柔軟的外殼裡飽含棕色的汁液，只要雙手一沾，就會立刻染上顏色。榛果的殼聞起來很香，果仁的滋味也很不錯，蘿拉經常用牙齒咬開外殼，品嘗美味的果仁。

這個時節裡，大家都非常忙碌，因為他們得採收院子裡的所有蔬菜。爸從泥土裡挖出馬鈴薯，蘿拉和瑪莉就跟在後面撿，她們倆還幫忙拔出長長的胡蘿蔔和頂端發紫的蕪菁。

蘿拉和瑪莉也會幫媽做南瓜派。媽用殺豬刀把橘黃色的南瓜剖成兩半，去除裡面的種子，再將南瓜切成長條狀，然後削去外皮。接著，蘿拉負責把一條條的南瓜切成丁。

媽把南瓜丁倒進爐灶上的大鐵鍋，並往裡面加了一些水、用小火燜煮，然後花上一整天的時間守著這鍋南瓜，直到南瓜的水分和加進去的水全都煮乾為止。在這個過程中，必須隨時確保南瓜沒有燒焦。

鍋子裡的南瓜變成了黏稠的深色糊狀物，它不像水沸騰時那樣猛烈往上滾，而是不斷冒出一個個的小泡泡。接著，泡泡會突然破掉，旁邊的南瓜糊立刻流入泡泡破掉時留下的凹洞。只要一有泡泡破掉，熱騰騰的濃郁南瓜香就會從鍋子裡飄散出來。

蘿拉站在椅子上，替媽看著鍋子，並用一根長木勺不停攪拌南瓜糊。她雙手握著木勺，小心翼翼地攪拌，因為如果南瓜糊燒焦，他們就無法享用美味的南瓜派了。

這天的午餐是燉南瓜和麵包。蘿拉和瑪莉把南瓜糊倒進盤子裡，用餐刀畫出漂亮的圖案。媽從來都不准她們在餐桌上玩食物，她們必須規規矩矩地吃完擺在眼前的東西，盤子裡也不許有剩菜。不過，媽對於這些南瓜糊會特別網開一面，允許兩個女孩在享用前先做出美麗的圖案。

有時候，他們的午餐會吃烤筍瓜。筍瓜的外皮非常堅硬，媽必須用爸的斧頭才能把它劈成片狀，然後放進爐子裡烤。蘿拉喜歡在柔軟的筍瓜肉上抹點奶油，再用湯匙舀來吃。

在這個季節裡，他們最常吃的晚餐是可口的玉米仁牛奶。蘿拉非常喜愛那道菜，每次只要媽開始替玉米去殼，她都等不及要品嘗。可是，替玉米去殼十分費工夫，必須花兩到三天的時間才能完成。

第一天，媽要把爐灶裡的灰燼清理乾淨，再燒一些新鮮的硬木柴，接著把新的灰燼蒐集起來，裝進一個小布袋裡。當天晚上，爸會帶回幾根碩大的玉米，然後去除末端乾癟的玉米粒，再把剩下的玉米粒全部剝下來，放進大鍋子裡，直到裝滿為止。

第二天一大早，媽把剝下來的玉米粒和那一小袋灰燼一起放進大鐵鍋，並往裡面加滿水，然後燜煮一段時間。玉米粒煮熟後，便會開始膨脹，一直脹到把外殼撐破，玉米仁全都跑出來為止。

當每顆玉米的外殼和玉米仁都分離之後，媽就把沉重的大鐵鍋搬到屋外，把鍋中的玉米粒撈出來，放進注滿冷水的盆子裡。接著，她把印花洋裝的袖子捲到手肘，跪在水盆旁，用雙手搓揉玉米粒，讓外殼脫落，浮到水面上。媽前前後後換了許多次水，一遍又一遍地搓洗，直到所有的玉米粒都褪去外殼為止。

媽搓洗玉米粒的時候看起來特別漂亮，她的雙手白皙豐盈，臉頰紅潤，柔順的金髮閃爍著耀眼的光澤。她總是小心翼翼地搓洗玉米，不讓一滴水濺到漂亮的裙子上。

等到玉米粒搓洗完畢後，媽就把那些又白又軟的玉米仁放進食物儲藏室的大罐子裡，他們終於有玉米仁牛奶可以吃了。有時他們的早餐是玉米仁配楓糖漿，有時媽會用豬油炸玉米仁。不過，蘿拉最喜歡的還是玉米仁加牛奶的吃法。

秋天有很多有趣的事，有很多工作要做，有很多好東西可以吃，還有很多新奇的事物可以觀察。蘿拉興奮得像隻小松鼠，從早到晚都蹦蹦跳跳、嘰嘰喳喳地說個不停。

一個下霜的早晨，路上出現了一臺機器。它由四匹馬拉著，上面坐著兩個男人。馬把機器拉到一片空地上，那裡是爸、亨利舅舅、爺爺和彼得森先生堆放小麥的地方。此外，後面還有兩個人用馬兒拉來另一部較小的機器。

爸大聲地對媽說，脫穀機來了。接著，他就匆匆忙忙地拉著兩匹馬趕到空地去。蘿拉和瑪莉問媽，她們可不可以跟過去瞧瞧。媽答應了，但她交代她們只能站在一旁觀看，不能妨礙大人工作。

亨利舅舅騎著馬趕來，他把馬兒拴在一棵樹下，然後和爸一起把小機器的馬具套在八匹馬的身上。那個機器從中央向外伸出四根木棒，每根木棒上各繫著兩匹馬。大機器和小機器的底部有一根長鐵棒，把兩臺機器連接起來。

蘿拉和瑪莉七嘴八舌地問了許多問題。爸向兩個女孩解釋，大機器叫做「脫穀機」，長鐵棒叫做「轉軸」，小機器叫做「馬力機」。馬力機需要套上八匹馬來拉著它轉動，所以這是一臺八匹馬力的機器。

馬力機上坐著一個男人，等一切準備就緒後，他就鞭策馬兒跑起來。牠們繞著那個男人轉圈，轉軸隨著牠們的速度不停旋轉，並帶動脫穀機運作。機器發出震耳欲聾的聲音，乒乒乓乓地響個不停。蘿拉和瑪莉站在田邊，緊緊牽著彼此的手，瞪大雙眼打量那臺奇怪的機器。

爸和亨利舅舅站在小麥堆上面，把一捆捆的小麥扔到一塊木板上。木板旁邊站著一個男人，負責割斷捆綁小麥的繩子，再把小麥一捆一捆地依序塞進脫穀機後面的洞裡。

那個洞就像是脫穀機的嘴巴，裡面布滿長長的鐵牙齒。那些鐵牙齒把小麥加以咀嚼後，就將小麥往後送，然後麥稈會從脫穀機一側噴出來，麥粒則從另一邊傾瀉而出。站在機器旁的兩個男人賣力工作著，一個人快速地把麥稈疊成一堆，另一個人則負責把流淌出來的麥粒裝進布袋裡。

每個人都配合機器的運作，用最快的速度完成分內的工作。蘿拉和瑪莉興奮地幾乎喘不過氣，她們一會兒看看這邊，一會兒瞧瞧那邊，簡直比那些大人還要忙碌。

馬不停地繞著圈子，負責趕馬的人揮著皮鞭，

大聲吆喝：「約翰，趕快走，別想偷懶！比利，慢慢來，別走那麼快！」

蘿拉和瑪莉看了好久，最後才依依不捨地跑回屋裡幫媽準備午餐。

爐灶上正煮著一鍋甘藍菜燉肉，烤箱裡烤著一大盤豆子和玉米餅。蘿拉和瑪莉負責為大家擺好餐具，她們把傳統發酵麵包、奶油、一碗又一碗的燉南瓜、南瓜派、乾莓派、餅乾、乳酪、蜂蜜和幾壺牛奶統統放到餐桌上。

接著，媽把煮好的馬鈴薯、甘藍菜燉肉、烤豆子、熱騰騰的玉米餅和烤筍瓜端上桌，又在大家的杯子裡斟滿茶。

到了中午，所有的人都坐到餐桌前用餐。那些食物對他們來說並不算多，因為打麥的工作很辛苦，大家都餓壞了。

下午，打麥的工作終於結束了。脫穀機的主人駕著馬車，把機器運到大森林裡的深處。他們得趕往下一個工作地點，還有好幾戶人家等著他們去打麥。送走那些工人之前，爸給了他們幾袋小麥當作工資。

那天晚上，爸累得筋疲力盡，可是心情非常愉快。他對媽說：「要是今天用人工打麥，亨利、彼得森、爸和我得花好幾個星期才能完成全部的工作，而且還沒辦法打出大量又乾淨的小麥。」

「脫穀機真是偉大的發明！」爸繼續說，「如果別人堅持用老方法打麥，那就由他去吧！我倒是非常贊成採用那些全新的機器與技術。我們生活在如此美好的年代，只要我還栽種小麥，附近又有那樣的機器，我一定會用它來打麥。」

那一晚，爸累得幾乎無法和蘿拉多說話，但是蘿拉為爸感到驕傲，因為是他說服大家利用新發明的機器打麥，也是他找來了會操作脫穀機的工人。那是一臺神奇的機器，每個人都十分歡迎它的到來。

第九章　森林裡的鹿

草漸漸變得乾枯，乳牛不能留在大森林裡吃草了。冰涼的秋雨從空中飄落，原本鮮豔的樹葉都變成了暗褐色。蘿拉和瑪莉不能到樹下玩遊戲了，不過下雨的時候，爸就會待在家裡，並在晚餐後拉小提琴。

幾天後，雨停了，天氣變得愈來愈寒冷。清晨時，窗外的每樣東西都結滿了閃亮的白霜。白天漸漸變短，爐灶裡整天燒著小火，讓室內保持溫暖。閣樓和庫房裡堆滿了各式各樣的食物，蘿拉和瑪莉也開始縫製百衲被，溫馨而舒適的冬日生活又開始了。

一天晚上，爸完成每日的例行工作後，說他晚飯後要到舔鹽場去打獵。從春天以來，他們都沒吃到新鮮的肉，既然小鹿已經長大，爸就可以出外狩獵了。

爸在森林裡的一塊空地灑了一些鹽，鹿只要一聞到濃濃的鹽味，就會成群結

隊地過來舔鹽，所以那裡就叫做「舔鹽場」。舔鹽場附近有許多大樹，爸可以坐在樹上，等待鹿兒自投羅網。

吃過晚餐後，爸就帶著獵槍進入大森林裡了，蘿拉和瑪莉沒有故事和音樂可以聽，於是早早上床就寢。

第二天早上，她們一起床，就立刻跑到窗邊朝外面張望，但是樹上並沒有掛著鹿。以前，爸去獵鹿時，從來不曾空手而歸，所以蘿拉和瑪莉都不明白這是怎麼一回事。

這一天，爸忙著把枯葉和麥稈堆放在小木屋和牛舍的周圍，並用石頭牢牢壓緊，免得冷空氣跑進屋裡。外面的溫度愈來愈低，那天晚上，他們在壁爐裡生起火堆，緊緊關上門窗，還用布條堵住所有的縫隙。

晚飯後，爸把蘿拉抱到膝蓋上，瑪莉坐在他旁邊的小椅子上。接著，爸說：「現在，我來告訴你們，為什麼今天沒有新鮮的肉可以吃。

「昨天晚上，我走到舔鹽場後，立刻爬上了一棵大樹。我找到一根粗大的樹枝，然後舒舒服服地坐下來。那裡視野極佳，距離地面又近，凡是前來舔鹽場的動物，我都可以輕易射中。我把上了膛的槍放在膝蓋上，以便隨時射擊。

「我坐在那裡，等待月亮升起，照亮大地。昨天，我砍了一整天的木柴，覺得有些疲倦，於是不小心睡著了。過了一會兒，我突然醒了過來。

「這時，又大又圓的月亮正好升上天空。藉著月光，我看到一頭鹿就站在那裡，牠把頭高高昂起，彷彿在傾聽大自然的聲音。牠的頭上長著一對又大又彎的美麗鹿角。由於牠背對月光，因此牠的身體看起來像是一片黑色的剪影。

「那真是獵殺牠的絕佳機會。可是，牠看起來是那麼地強壯、自由、桀敖不馴，我實在下不了手，只能坐在樹上目不轉睛地看著牠，直到牠跑進漆黑的大森林裡。接著，我想起你們和媽正等著我帶新鮮的鹿肉回家，於是我打定主意，下次無論如何一定要開槍。

「不一會兒，一頭大熊緩慢地走進空地。今年夏天，牠肯定吃了許多漿果和昆蟲，所以才長得圓滾滾，身形幾乎有兩隻熊那麼大。牠搖搖晃晃地穿越空地，一直走到一截腐爛的樹幹前。牠聞了聞樹幹，又聽了聽周遭的動靜，接著用前爪挖開樹幹，吃起了藏在裡面的昆蟲。接著，大熊用後腳站起來，朝四周張望，似乎察覺出有哪裡不對勁。牠看了又看，聞了又聞，努力想要找出原因。

「這時候要讓牠成為我的囊中物，簡直易如反掌，可是牠的舉動實在是太有趣了，而且月光下的森林是那麼地寧靜，讓我完全忘了手上握著獵槍，只是眼睜睜地看著牠走進樹林裡。

「我心裡想著：『這可不行啊！再這樣下去，我們永遠也別想吃到新鮮的肉了。』於是，我重新調整坐姿，繼續等待下去，並打定主意要射殺我看到的下一隻動物。

「月亮升得更高了，月光明亮地照射在那塊空地上，襯得四周的樹影更加幽深。過了很長一段時間，一頭母鹿帶著一隻小鹿，從樹林間的陰影走了出來。牠們來到空地，低頭舔拭地上的鹽巴，然後牠們抬起頭來，看了彼此一眼。小鹿往前走了幾步，依偎在母鹿身邊。牠們站在彼此身旁，一起注視著森林和月光，大眼睛裡閃爍著柔和的光芒。

「我坐在大樹上望著牠們，直到牠們走進樹林間的陰影中。後來，我便從樹上爬下來，回家了。」

蘿拉在爸的耳邊悄聲說：「我很高興您沒有殺害牠們。」

瑪莉也說：「我們吃麵包配奶油就行了。」

爸把瑪莉從椅子上抱起來，緊緊地摟住兩個女孩。

「你們真是我的乖女兒。」他說，「現在，該上床睡覺囉！快去吧，我去拿小提琴。」

蘿拉和瑪莉立刻鑽進溫暖的被窩，爸已經拿好小提琴，坐在壁爐前了。媽吹熄煤油燈，坐在壁爐另一邊的搖椅上，動作俐落地編織長襪。

有爐火和音樂相伴的漫長冬夜再次來臨。

小提琴發出哀淒的樂音，爸配合旋律，輕輕唱著：

噢，蘇珊娜！
請別為我哭泣，
我要到加利福尼亞，
尋找我夢寐以求的黃金。

接著，爸又演奏起〈格里姆老頭〉那首歌，但是歌詞和他在媽做乳酪時唱的完全不同。他用溫柔有力的嗓音，輕輕唱著：

難道昔日情誼已被遺忘，從此再也不回憶？
難道昔日情誼已被遺忘，捨棄往日的美好時光？
那一段美好時光，我的朋友，那一段美好時光。
難道昔日情誼已被遺忘，捨棄往日的美好時光？

小提琴的樂音停止後，蘿拉小聲地問：「爸，什麼是『昔日』？」

「就是很久很久以前的日子。」爸說，「好了，快睡吧。」

但是蘿拉睜著大眼，毫無睡意。她聆聽著小提琴柔美的旋律，以及大森林裡孤寂的風聲。她轉過頭面向壁爐，看見爸坐在板凳上，火光在他的茶褐色頭髮和鬍鬚上閃爍，同時照得小提琴熠熠生輝。她看向媽，發現她輕輕晃著搖椅，專心替家人們編織毛襪。

蘿拉心裡想著：「那麼這些就是現在囉！」

這間溫馨又舒適的小木屋、爸、媽、音樂和壁爐，全都是她「現在」所擁有的。蘿拉很高興現在的自己是那麼地快樂且無憂無慮，她也在心裡發誓，絕對不會忘記那些美好時光。

大師名著系列 009

大森林裡的小木屋

與大自然為伍的拓荒童年

ISBN 978-986-99212-7-5 / 書 號：RGC009

作　　者：蘿拉．英格斯．懷德 Laura Ingalls Wilder
主　　編：林筱恬
編　　輯：王一雅、潘聖云、張雅惠
插　　畫：Sophie Leu
美術設計：巫武茂、張芸荃、涂敏儆

出版發行：目川文化數位股份有限公司
總 經 理：陳世芳
發　　行：劉曉珍、柯雁玲
地　　址：桃園市中壢區文發路 365 號 13 樓
電　　話：(03) 287-1448
傳　　真：(03) 287-0486
電子信箱：service@kidsworld123.com
法律顧問：元大法律事務所 黃俊雄律師
印刷製版：長榮彩色印刷有限公司

大森林裡的小木屋 / 蘿拉．英格斯．懷德 (Laura Ingalls Wilder) 作．-- 初版．--
桃園市：目川文化，民 109.11
176 面；17x23 公分．--（大師名著；9）
譯自：Little house in the big woods.
ISBN 978-986-99212-7-5（平裝）

874.596　　109016234

官方網站：www.aquaviewco.com
網路商店：www.kidsworld123.com
粉絲專頁：FB「悅讀森林的故事花園」

總 經 銷：聯合發行股份有限公司
地　　址：新北市新店區寶橋路 235 巷 6 弄 6 號 4 樓
電　　話：(02) 2917-8022

出版日期：2020 年 11 月
2021 年 9 月（二刷）
定　　價：380 元

建議閱讀方式

型式	圖圖圖	圖圖文	圖文文		文文文
圖文比例	無字書	圖畫書	圖文等量	以文為主、少量圖畫為輔	純文字
學習重點	培養興趣	態度與習慣養成	建立閱讀能力	從閱讀中學習新知	從閱讀中學習新知
閱讀方式	親子共讀	親子共讀 引導閱讀	親子共讀 引導閱讀 學習自己讀	學習自己讀 獨立閱讀	獨立閱讀